WEI YUEDU

微阅读

1+1工程

1+1 GONGCHENG 第八辑

婚姻物语

刘德明

百花洲文艺出版社
BAIHUAZHOU LITERATURE AND ART PRESS

图书在版编目（CIP）数据

婚姻物语 / 刘德明著．—南昌：百花洲文艺出版社，2014.9

（微阅读 1 + 1 工程）

ISBN 978 - 7 - 5500 - 1033 - 8

Ⅰ.①婚… Ⅱ.①刘… Ⅲ.①小小说—小说集—中国—当代 Ⅳ.①I247.8

中国版本图书馆 CIP 数据核字（2014）第 181438 号

婚姻物语

刘德明　著

出 版 人：姚雪雪

组稿编辑：陈永林

责任编辑：陈永林　王俊琴

出　　版：百花洲文艺出版社

发行单位：全国新华书店

印　　刷：北京一鑫印务有限责任公司

开　　本：787mm × 1092mm　1/16

印　　张：12

版　　次：2015 年 3 月第 1 版

印　　次：2015 年 3 月第 1 次印刷

字　　数：128 千字

书　　号：ISBN 978 - 7 - 5500 - 1033 - 8

定　　价：20.00 元

赣版权登字：05 - 2015 - 40

邮购联系：0791 - 86895108

网址：http：//www.bhzwy.com

图书若有印装错误，影响阅读，可向承印厂联系调换。

前 言

以“极短的篇幅包容极大的思想”，才能够以小胜大，经过读者的阅读，碰撞出思想的火花，震撼人的心灵。正因为这样，微型小说成为一种充满了幽默智慧、充满了空灵巧妙的独特文体。

如果说在二十一世纪的头一个十年，是互联网大大改变了我们的生活，那么在我们正在经历的第二个十年里，手机将更为巨大地改变我们的生活。如今，以智能手机为平台，正在构成一个巨大的阅读平台。一种新的阅读方式正不知不觉地走进大众的生活。一个新的名词就此产生，它便是“微阅读”。微阅读，是一种借短消息、网络和短文体生存的阅读方式。微阅读是阅读领域的快餐，口袋书、手机报、微博，都代表微阅读。等车时，习惯拿出手机看新闻；走路时，喜欢戴上耳机“听”小说；陪人逛街，看电子书打发等待的时间。如果有这些行为，那说明你已在不知不觉中成为“微阅读”的忠实执行者了。让我们对微型小说前景充满信心和期待的是，微型小说在微阅读的浪潮中担当着极为重要的“源头活水”。

肩负着繁荣中国微型小说创作、促进这一文体进一步健康发展的责任和使命，微型小说选刊杂志社推出了“微阅读1+1工程”系列丛书。这套书由一百个当代中国微型小说作家的个人自选集组成，是微型小说选刊杂志社的一项以“打造文体，推出作家，奉献精品”为目的的微型小说重点工程。相信这套书的出版，对于促进微型小说文体的进一步推广和传播，对于激励微型小说作家的创作热情，对于微型小说这一文体与新媒体的进一步结合，将有着极为重要的作用和意义。

编者

2014年9月

目　录

幸福的唠叨

李辉对李大年说：“爸，你还是回去吧，明天你就不用去了，我能照顾好自己，再说我们还有这么多的老师同学在一起，你就别担心了。”

李大年喊着儿子的小名：“辉伢，爸爸知道你能照顾好自己，可是，爸爸来了心里才踏实些，你妈妈本来也要来的，家里实在走不开，就只好我来当个代表了，有个什么事，我们也在旁边啊。”

明天是7月7日，高考的日子，李辉他们上午就乘着学校包下的班车来到县城，下午看完考场刚出来，远远地就看到了父亲站在酒店门口向这边张望着。

“爸，你怎么来了？”李辉一路小跑着过去。

“辉伢，”看到儿子，李大年喜出望外，立刻现出一脸的灿烂，“刚刚看考场回来是吧？找到自己的座位没有？”

李辉点点头：“是啊，找到了，我在第二排第三个位子。”

李大年从摩托车后架上取下一个带饭用的保温桶：“辉伢，来，这是你妈妈给你炖的兔子，黑色的，还热着呢，你快吃了，明天精神更好。”

“爸，你吃吧，我吃饱了，现在不想吃。”

“辉伢，快吃了，爸爸在家里就吃过了。这三天，我只做一件事，就是代表全家陪好你，让你吃好住好睡好考好。辉伢，你们晚上是不是全部都住这一幢楼啊？这么多人会不会很吵？不知有没有蚊子？会不会很热？”

李辉发觉父亲今天比往常多了很多话，说话不像平时那个父亲说话，简洁、明了。

“爸，不要紧，大家平时就在一块，习惯了，没关系的，万一有蚊子，也会点蚊香的。”

“我看你还是跟我睡一个房间吧，这几天我也住下来，等你考完了一块回去。你先等一会儿，我去看看怎么登记。”

一会儿，李大年就出来了，一脸的高兴，好了，已经登记好了。“便宜的都让人家登记完了，贵是贵了点，150块钱一个晚上，但清静，儿子，你就跟我住一个房间，两张床，服务员说还带空调、带茅房的，洗脸解手不用出门，可方便了。儿子，爸爸当兵回来之后，还没住过饭店呢。”

晚上，本来李辉和同学们在一起吃饭，可是李大年非要让儿子跟着他去吃点菜，两人点了三个菜一个汤，李大年还问李辉要什么菜：“辉伢，还想吃什么？”

“爸，够了，足够了，我们两个人哪能吃得下这么多菜，我看你喝点酒吧。”李辉知道李大年特别喜欢喝酒，在家里一顿没酒就吃不下饭。

“不行，不行，这几天我哪能喝酒呢？喝了酒误了事怎么办？再说我喝了酒打呼噜，影响你睡觉，不喝，不喝。”李大年说这话的时候，喉咙动了一下。

“爸，那你就喝点啤酒总行吧？”

“啤酒也不行，反正是酒就不能沾。这几天我已经给自己下了禁令了。”李大年的喉咙又动了一下，仿佛咽下了一口什么东西。

早上，李大年招呼着儿子洗好脸吃过早餐，不断地提醒儿子带这了没有，带那了没有，有没有哪儿不舒服，听到儿子的确切回答后，骑着摩托把儿子送到考点门口。

“辉伢，别紧张，照老师教的去考。啊，记住了，别慌张啊！出来的时候我照样在这等你，啊。”李大年张望着，直到看不见李辉的影子才在门口的围墙根下找了个石块坐下来。热辣辣的太阳像火一样烤着大地，九点多钟，李大年身上的衣服就全部湿透了，额头的汗水不断地往下滴。十点多的时候，他站了起来，向旁边的家长问了时间，骑上摩托车走了，回来的时候手里多了一个食品包装袋。

李辉和同学们挨个地涌出校门的时候，李大年一下就蹿了起来，高兴地大声喊着：“辉伢，辉伢，在这边，在这边。”看到李辉满头大汗，心疼得不得了，赶忙打开手里的食品袋，把刚才浸湿的毛巾掏出来帮李辉擦汗："太热了，太热了，考场里有风扇么？一定渴坏了，渴坏了，这有矿泉水，我看了，才出厂几天的，没过期。来，吃这个，吃这个，那边店里买的，电视里说的那个肯德基，不知是不是真的，但我特意进去看了，那里很卫生的。"

"辉伢，这里还有十滴水、风油精、还有仁丹药丸。天气这么热，你要不要抹一点？吃几粒仁丹丸?"

"爸，你一直就站在这里呀？你看你，这么大的汗，手臂和脸都晒红了，可别把人晒病了。明天你就不用等了吧，考完我自己回来。"

"不要紧，不要紧，就要打禾了，反正都要晒红晒黑的，种田人嘛，哪有怕晒的，爸的身体没有这么金贵，哪能一下就晒病了。明天也一样，在这站站，站站，很快的，像你们考试一样，一会儿就过去了。走吧，孩子，我们快点回去，你吹吹空调。"

李大年最想问的是儿子的考试情况，但他怕影响儿子的情绪和增大儿子的压力，硬是忍着到考试全部结束也没问。

摩托车上，李辉问李大年："爸，你怎么不问我考得怎么样啊?"

"辉伢，爸相信你能考好呢，爸这几天是来给你当勤务兵的，管你的吃，管你的住，管你的休息。士兵不能向长官打听作战消息，这是我当兵时就知道的规矩。"

李辉调皮地说："那我让你喝酒的时候，你怎么不听长官的指挥啊?"

"哈哈，长官指挥有明显错误的时候，我可以不执行命令。"

十年之后，已经当了科长的李辉还能幸福地感受到高考三天父亲喋喋不休的样子，那是父亲最为唠叨的三天。

让你猜猜我是谁

山背乡的丁书记请客，在县城大富豪酒店订了个包厢，一共是六个人，三个男人，三个女人，男人中除了丁书记外还有两个局长，人人大权在握；女人都是县剧团的演员，个个如花似玉，欢声笑语，燕语莺歌。

酒过三巡，教育局林局长说：“各位，我有个提议，现在请小柳做个游戏，开个玩笑，看能不能把一个人骗到这里，不过到底骗谁得由我们指定，无论成功与否，这个玩笑都不许出这个门。”说到这里，林局长用左手用力地把身边的小柳的身子抱紧，“小柳，你打个电话给粮食局的牛局长。”

“要骗姓牛的还不容易？你瞧我的，这点本事没有，还能上台演戏？”

“好，我们就看你怎么演。”

小柳把手机音量调到最大，坐正了身子，清清嗓子：“喂，牛局长吗？你好啊！”

“喂，我是，请问你是哪位？”手机里传来牛局长的声音。

“忘记了我是谁吧？瞧你这记性，我就知道你肯定记不得我了，你这一问让我好伤心啊，你好没良心啊，怎么那么快就把我忘了嘛，牛哥，你这人真是坏死了。”

“你到底是谁啊？”

“我是临江宾馆的……我先不告诉你，你猜猜嘛。”

“哪个临江宾馆啊？瞎扯淡。”

“还有哪个临江宾馆啊，就是省城那个嘛，你出差不都是住我们这里吗？”

“啊，啊，是省城的临江宾馆啊，我不认识你呀？”

“你不认识我了，上次你来省城的时候，我们不是还在一起唱过歌跳过舞吗？当时，你的手把我抱得好紧哟，牛哥，你瞧你，说这话太让我伤心了。”

“我在那里从不跳舞的，你一定弄错了。”牛局长不承认。

“牛哥，你一定是记错了，我们真的一起跳过舞。”

“真的跳过，怎么我没印象？你是小辛吗？”牛局长似乎还是不能确定是谁。

“是啊，牛哥你真聪明，一下就猜出我是谁了，你不是说我的皮肤好白吗？我就是那个个子比你稍高一些的那个。”

“啊——”手机里牛局长显出一副恍然大悟的样子，“原来是你啊。”

“是嘛，有两次你不是说我一身都好香嘛？”

“是啊，是啊，我可没有忘记你啊，只是今天听你的声音怎么有些不像啊？”

“人家今天喝多了酒嘛，醉得连声音都变了。”

“在哪儿喝酒？陪什么人啊？”牛局长的话里泛出一股酸味，在座的人仿佛都能闻到。

“今天我是做客，是别人陪我啊！”

“在哪里做客啊，怎么出门也不跟我打声招呼，我好过来陪陪你嘛。”

“你猜我会在哪里做客呢？”

“我猜不到。”

“猜一下嘛，我要你猜，猜中了有奖的。”

“奖品是什么呢？”牛局长得意地笑了起来，听得出他的笑有些坏。

“你想要什么奖品嘛？泡泡糖、瓜子、一杯酒、一个吻还是……”

“你也太小气了，这些我都不要，我要你……”牛局长在电话里又坏笑起来。

“只要你猜得出我现在在哪，你想怎样我都满足你。”

“要是我猜不出呢？”

“猜不出我就告诉你，谁叫你是我的牛哥呢？”

“你告诉我，那还有没有奖品啊？”

“奖品是有的，就看你有没有诚心了。”

“在老家?”

“不对。”

“在省城?”

“也不对。”

“在男朋友那儿?”

“更不对，人家还没有处对象呢，牛哥，你真坏。”

“在我们县城?”

“对了，牛哥啊，你真聪明，怎么知道我在你们县城啊?”

“你想，你不在我们县城，你怎么给我奖品，怎么满足我啊?其实你一开始就告诉我你在什么地方了，先前我是逗你玩的。不过，你怎么会到我们这边来，我倒是真的不知道。”

“哎哟，牛哥，你真坏，你坏死了。知道人家在这边还不赶快过来看我，半个小时内你不赶到，这奖品可就不给了。今天呀，我是过来办个私事，明天还得请你这位大局长帮点小忙呢。”

“哎哟，小辛呀，你也太急了吧，我只知道你在我们县城，并不知道你在县城什么地方啊?”

“具体地方我不告诉你，你要有诚心就一家一家地找，我在521房间，521，就是我爱你。你瞧，我对你多好，到你这里来，登记个房间都取名‘我爱你’，哪像你，一出门就把人家给忘了。唉哟，我的头真晕，牛哥，你可快点来啊，你不来我还真怕自己出什么事呢。”

“好，好，你等着，我一会儿就到，你是我的奖品啊，我怎么能让到手的奖品又跑掉呢，你坚持一会儿。也快，我一家一家找也用不了多久。”

果然，一会儿，牛局长就开着那辆单位的专车气喘吁吁地来到总台，和总台的小姐说了几句话之后，又匆匆忙忙地走了，大概是又到下一家酒店去找省城来的“小辛”了。

看到牛局长心急火燎的样子，他们哈哈大笑起来。

一棵进城的树

我是一棵痛苦的樟树。

当年，我在山里的时候，虽不能说亭亭如华盖，但也长得枝繁叶茂，有人说我像一把大伞。每天，我和兄弟姐妹们在山中呼吸着清新的空气，从地底下吸上来清润的泉水，阳光照耀着，雨露滋润着，我们迎着山风唱歌，对着蓝天欢笑，那日子是多么的舒心惬意啊！

我们健康成长着。

有一天，厄运突然降临到我们的身上，先是我的那些兄弟姐妹们被人拦腰锯断，一棵枝丫都不留，用一个巨型的铁手从地下挖起。他们的根被扯断了，细小的毛根不知断裂了多少。他们痛啊，痛苦地呼喊着，可是那些叫做人的东西没一个能听懂他们的话，那个铁手也不管他们怎么抓住大地妈妈不放，不管他们怎么哭喊。只顾着硬生生地用力往上拉。我们的大地妈妈在流着泪说，呀，我可怜的孩子们啊！可是，她又能有什么办法呢？后来，他们被弄到一个铁框子里，框子下面有四个轱辘，四个轱辘一转那框子走得飞快，我与我的兄弟姐妹们就分别了。

没隔几天，我也遭受了同样的厄运，美好的家园被彻底破坏了，弄得面目全非，伤痕累累，山坡上到处是坑，到处是洞，到处都光秃秃的，茅草也没留下几根完整的。

我们被人弄到一块地里，地上有一个个的坑，我和一部分兄弟姐妹又被他们放到土坑里，他们给我们浇上水，填上土，再浇上水，给我们遮上黑色的网，在我们身上的伤口上包上一层薄膜。我们绝食了好几天，其实我们也不能吃东西，呼吸没有了，根被弄断了，伤口在发炎，全身都在痛，一棵棵遍体鳞伤，在死亡线上挣扎着。但是，我们还是咬咬牙，挺了下去，弄断的筋骨也恢复的恢复，生长的生长，后来，我们又在伤口上长出了新芽，又可以呼吸了，又可以从母亲那里吸收养分了。

我们高兴啊！毕竟我们在经历了一次劫难之后，以顽强的毅力，又重新获得了生机，虽然我们的一些兄弟姐妹因为伤情不同，体质和抵抗灾难的能力较弱，没有能闯过这一关，我们也为他们伤心、难过，我们也曾为他们哭泣过，但是，毕竟我们大部分都闯过来了。

可是，好景不长，灾难再一次来临，那天我被一个胖胖的人选中，再次被一只铁手从地上连根带泥团挖起，这次他们好像更小心一些了。用一根稻草绳在我根部的泥团外面密密地缠了一圈，包得严严实实。然后再装到铁框子里，轰隆隆地在这里把我扔下了，然后我又被他们竖立在一个坑里。这一次，我的痛苦持续了很久，很久。

这是一个广场，四周全是灰色，只有少量的绿，到处是灰黑色的高楼，到处是刺耳的噪音，到处是飞扬的尘土，那些天籁之音，那些清新气息，都离我而去了！

我想回我原来的那个家。

人们都说我在这里美化环境，可是，我这个样子美吗？你们看看就知道了。我站在这里，浑身缠着稻草绳，光秃秃的，刚刚长出的几颗嫩芽又被弄断了，没有枝丫，没有叶子，呼吸的器官没有了，刚刚长出从大地吸收营养的根系被破坏了。谁知道我身上的痛？谁知道我心中的苦？

我有时在思考，美化一个地方是不是就是破坏另一个地方，是不是就意味着对那些花草树木的蹂躏和毁灭。

我痛苦地站在这里，看着花花绿绿的世界，看着众多的人为利来为利往，看着很多人的灵魂变了形，带着一副副躯壳挤在城市的每一个角落。

我不知道那些人的灵魂为什么会变形，他们的样子比以前好看了，可是灵魂变丑了，那个小三子在家里本来是个很老实的人，可是他那天就在我旁边拿刀子抢了一个人的钱，怎么到了这里就变坏了呢？对面那个商铺的老板，那天把一个老乞丐打了一顿，怎么没有一点同情心了呢？还有一个什么长，儿子无缘无故打人，警察管了，他却反而关了人家警察，他怎么就无法无天了呢？

旁边的一棵树看到我痛苦的样子，叹了口气说，你能活下来已经就不错了，人也痛苦着呢，他们也和我们一样在挣扎。城市就是一个欲望的陷阱，树要进来，就得受苦受难，经受躯体上的切割肢解，九死一生；人要进来，就得让自己的灵魂变形，在思想上脱胎换骨。

这话对吗？我不知道，不过，我希望是错的。

又是一年植树忙

黄土岗县科协共五个人，去年植树花了 670 元钱，其主要开支如下：每人发一顶帽子共 50 元，每人发一把铁铲共 150 元，伙食补助金共 125 元，每人一瓶矿泉水一条擦汗巾共 80 元，中午吃饭用了 265 元。五个人共种了 10 棵拇指般大小的白杨树，有 7 棵没有成活，3 棵侥幸活下来了的由于坑挖得太浅，歪歪扭扭地斜立在那里。

今年科协主席老陈为了节约开支，响应上级厉行节约的号召，决定请附近的群众植树，任务落在了副主席老李和出纳员小龚身上。

老李和小龚来到梨树村，找到两名民工。

“种一棵给 30 元。”两个民工说。

“什么？30 元种一棵，”小龚大吃一惊，“你该不会是说梦话吧？10 元钱一棵就是很高的价钱了，10 棵树不就是一会儿工夫么。”

“10 元钱一棵？”两个民工脸上现出讪讽的笑容，“昨天税务局请我们种，40 元一棵，一分不少。”

“40 元一棵？你这不是种树，是杀人呢，就按 10 元一棵算，不到半天你们每人可就挣了 50 元，一天下来可就是 100 元哪，一个月可就是 3000 元，我们这哪有这么高收入的民工？”老李拂袖而去。

“他妈的，就这么 10 元一棵，算起来还比我的工资高两倍呢，30 元一棵还不翻了天了。”老李边走边嘀咕。

走不远又碰到两位民工，一问价钱，这两个要 25 元一棵，说是包活，先付一半工钱，另一半明年植树时再付，少一棵树就少给一棵树的工钱。

“活不活的我们不管，你只要把价钱降下来就行。这种杨树谁还不能包活，要多贱有多贱的东西，就是扔地上也能活，还要你包什么活不活，你只管种下去便是。”老李说。

“也不能这么说，去年你们种的也是杨树，现在你去看看有几棵活下来的？说来我也真是看不懂你们，年年在这里种树，却见不到有几棵树在这里。”

“跟你说实话吧，我在这里种树已经不下十年了，要是年年种的都活了下来，这么多人种树，只怕锅台上都是树了，哪儿还有空地让我们种？10 元钱一棵，你们到底种不种？”老李不想跟他们多说。

“不种。”

“不种拉倒。”老李抬脚就走。

“李主席，请不到人可怎么办呢？明天是县林业局验收的日子。”小龚跟在后面有些着急。

“不忙，我们先到山上去看看。”

两人来到山上，只见大部分单位都已经种好了，还有几个民工在那里忙碌着。

“老乡，来，过来抽支烟，歇歇。”老李掏出一包烟，抽出一支，一边点着一边向老乡招招手。

几个老乡走过来，客气地接过老李的烟，一边和热情的老李搭讪起来，原来他们已经在这里帮各个单位种了三天树了。

“那你们种了很多了？”

“大约有好几百，你看，那些种得笔直笔直的就是我们种的。那些歪歪扭扭的，就是你们机关的人自己种的，昨天刚下了一场雨，晚上又刮了点风，这坑浅的树就歪了，真是浪费了树苗。”一位老乡说。

“是啊！”老李叹了口气，“可这怎么办呢？大家工作上的事又那么多，压力又那么大，干起活来又没经验，有好些还是女同志，这种树怎么种得好？比如说我们单位吧，明天要验收，可开会的开会，生病的生病，五个人就只剩我们俩能来，你说请人吧，工价又太高，一个穷单位怎么请得起，不请人吧，自己又种不好，唉！”

“你们也是够难的，这样吧，5 元钱一棵，收点力气钱，我们帮你们种，不就 10 棵树吗？”

“这样你们是不是太亏了?”嘴上虽这么说老李的心里却在为自己成功的表演而暗暗高兴。

“几斤力气，有什么亏不亏的?”

“那好，那好，小龚快到那边去把树苗领过来。”老李兴奋地说。

不想县里对这次植树很认真，第三天晚上，电视里对这次验收结果进行了通报，许多单位不仅受到了批评而且还被责令返工。县科协和一些单位却因为植树质量好而受到了表扬。

主席老陈很是高兴，决定每人发植树奖金100元，老李和小龚另发误工补助各50元，仔细算算比去年省了20元经费，不仅节约了开支而且提高了植树质量。

照门松

樟树阁皂山道德宫门前的空地上，文天祥与孙道长相对而坐，石桌石椅石棋，一壶香茗放在侧边的石椅上，棋盘旁边两个杯子，茶水绿得透亮晶莹，香气缭绕。孙道长执黑，只见他黑帽、黑袍、黑须，人也黑瘦，精神矍铄，一付仙风道骨的样子。文天祥执白，一袭白色长衫，眼神里透出一种刚毅几许忧愁。

孙道长落下一枚棋子，看了一眼文天祥，先生心事重重，可否说来与贫道听听。

文天祥叹了口气，想我堂堂大宋江山，屡屡丧失于胡人铁骑之下，大宋子民屡屡惨遭铁骑蹂躏，每念及此，我夜不能寐啊！

先生说的是实话，可是大人在开庆年上疏请斩董宋臣、献御敌之计，无人理会；咸淳六年草拟制诰，义正词严地斥责奸相贾似道，反遭罢斥。先生已为大宋尽力，上对得起天子，下对得起百姓，何必再为这事发愁？再说先生是一文人，何妨云游天下，饮酒作诗品茗为乐？

道长有所不知，当年，对策集英殿，天祥以法天不息为对，大宋皇帝亲自选拔我文天祥为第一。其后，虽然受到一些挫折，但我自当为朝廷效力，万死不辞。

一缕山风吹过，观里的树木发出飒飒的声音，高大的银杏树上掉下来几片枯萎了的叶子。

孙道长端起茶杯，先生，树欲静而风不止啊！

正是，我文天祥也希望看到我们大宋国一片安静祥和的局面，那时我也就能效法李白，写尽我大宋国天下美景。可是，时下这种局面，我哪里还有写诗的闲情逸致，忧愁尚且来不及啊！

文天祥站起身来，走出道德宫，看着前面十七棵松树。那是东晋真人丁令威在此修炼时折下的松枝以代香烛，后来长成了参天大树，一棵棵巨松如擎天之柱般直刺苍穹，十七棵松树一字排开，像是一道绿色屏障，正对着道德宫的大门，被人称为照门松。

道长，我文天祥希望就像这照门松一样，日日夜夜为大宋守卫国门，为朝廷把守关口。

孙道士敬佩地看了一眼文天祥，听了先生之言，贫道深感惭愧。

道长在此修炼道术，为民除魔驱邪，造福于当地民众，何愧之有？久闻道长法术高明，精于星相占卜吉凶，可否为天祥卜上一卦？

孙道长哈哈一笑："先生乃一代名儒，又是朝廷命官，如何相信贫道这等微末之技。不敢，不敢。"

"道长，你我相交多年，但说无妨，就算是戏言也罢。"

"好，好，算是戏言罢，贫道看先生之相，说吉，是大吉，贵不可言；说凶，是大凶，凶不可说。但能否化大凶为大吉，全在先生一念之间。"

文天祥问："怎么是吉，什么是凶，请道长详细说明。"

孙道长拂尘一摆，摇摇头："此乃天机，贫道不敢泄露。"

文天祥告辞的时候，孙道长一直送到鸣水桥。观里的其他道士觉得奇怪，何以今天道长送客送了这么远，这可是第一次。

孙道长一连向文天祥道了三声"保重"，谢谢大人为此桥题写桥名，贫道在此等候先生再来品茗对弈，饮酒论诗。

文天祥说，我一定再来拜会道长。

山弯处，文天祥的影子消失了，孙道长的眼里忽然掉下一滴清泪。

次年正月，文天祥将全部家产变卖充作军费，在赣州组织义军，开赴临安，八月，任浙西江东制置使兼江西安抚使，知平江府（江苏吴县），第三年正月，任右丞相兼枢密使。后来文天祥被加少保、信国公，达到了他仕途的顶峰。

五年后，文天祥兵败五坡岭，文天祥估计这次难以逃出重重包围，为免遭污辱，当即把随身带着的冰片掏出来吞了下去，以求一死，但没有死成，而是在昏迷中被元兵俘虏了。

一天，元平章阿合马盛气凌人地来到囚禁文天祥的地方，他要亲自看看这位大名鼎鼎的文天祥到底是一个怎样的人。

文天祥坐在那里，头也不回一个，阿合马只得让随从把凳子搬到了他的对面。

“文天祥，见了本官你为何不跪？你以为你还是宋朝的官员吗？”

文天祥说：“南朝宰相见北朝宰相，为什么要跪？我文天祥一跪天地，二跪父母，三跪我大宋天子。你算什么东西？”

阿合马以为自己是胜利者，以一种讥笑的口吻，傲慢地说：“你既是南朝宰相，又怎么会到这里来呢？”

文天祥嘲讽地说：“南朝若早用我为相，必定早挥刀将你斩于马下，岂容你到南方兴兵作乱，我也不会到你这里来，你有什么可神气的。”

阿合马大怒，用威胁的口气对左右说：“这个人的生死由我决定。”

文天祥轻蔑地看了他一眼，大义凛然地说道：“亡国之人，只求一死，要杀便杀，什么由不由你。”皇帝忽必烈对文天祥这种宁死不降的精神十分感动，临刑前亲自前去劝降：“先生如降我，我即恢复先生之相位，先生照样一人之下，万人之上，如何？”

难道这就是九年前孙道长说的化大凶为大吉？文天祥回想起孙道长的话，想起了道德宫门前的那一排照门松。

“哈，哈，哈，”文天祥大笑三声，“国已亡，家已破，文某之心已死，要这宰相之位何用？”

忽必烈感慨地说：“于仁，不能杀先生；于义，不可杀先生；于大元江山，必杀先生。先生如此，可是陷我于不仁不义之地啊！”

文天祥凛然地说道：“孔曰‘成仁’，孟曰‘取义’，惟其义尽，所以仁至，读圣贤书，所学何事？而今而后，庶几无愧。”

听了这话，忽必烈向文天祥长揖到地，从随从手里端过一碗酒，如此，我给先生送行了。

文天祥接过，将碗里的酒一饮而尽。

文天祥在大都被杀的消息传到道德宫时，孙道长取了三炷香，点燃，向北拜了三拜，长揖到地：“先生之气节，可比门前之松；先生之光华，可比日月，可照天地。”

制造绯闻

高原最近比较烦。

他是一个单位的副职，所在的单位人不多，可个个都有绯闻，头和一个下属单位的少妇打得火热，另一位副职早就和自己大学时的恋人暗续前缘，单位的司机小吴，人们也传说他和电信公司一个窗口的临时工常常在一起幽会，就连那个要性格没性格要长相没长相要青春没青春的四十多岁的柳大嗓门儿也找了一个相好的，而且那男的还比她年轻好几岁。

高原没有绯闻，每天上班，高原就常常听到他们在办公室打趣，互相说着对方的风流韵事。有时还听到他们当众大声地给情人打电话，瞧他们脸上那得意的笑容，就知道他们心里的满足劲。

有时他们也拿高原开开玩笑："高局，昨天是不是又和相好的见面了？"

"高局，你的初恋情人怎么一直都隐藏得这么好啊？"

"哪里，没有呢，我就家里那一位。"每次，高原都是这么一句话，大家听了就觉得没有一点趣味。

"高原是位好同志。"局长曾说了一句充分肯定的话。这话好像是句好话，可当时在旁听着的人又觉出了另一层意思，"这是一个窝囊废"。大家的眼神就有了另一种含义，好像是看着一个怪物样看着高原。

高原也觉得自己成了怪物，每天除了工作之外，单位的人几乎不跟他打交道，不跟他聊天。单位上有时有个什么事的，他也不知道，成了圈子外的人，一个实实在在的多余人。

他想起毛主席也说过"陈毅是个好同志"，可陈毅后来还是受到打击。

一天，高原经过行政办门口时，听到柳大嗓门儿压低了声音说：“你们听着，特大新闻，高局有一个相好的，而且人长得特漂亮特水灵的。”

“不可能吧，怎么从来没有听说过呀？”

“是真的，前天晚上有人看见他们从一个包房里出来，还在沿河路散了步呢，两人走得挺近的，那女孩大概二十多岁的样子，像是个刚毕业的大学生呢。”

“高局可真是高人啊，瞒了我们这么久。”

“我还是有些不相信，高局平时很少谈论这个的，怎么说有就有了呢？看他平时做事中规中矩，下班以后准时回家，怎么可能会有情人啊？”

“你们呀，就是不懂得，像高局这种人平时很少吭声，脑子里尽琢磨这事，有了你们也不知道，他也是男人啊，凭什么他就不会有？不能片面地看问题嘛。”局长笑着“批评”他们，“用个不恰当的比方，叫做咬人的狗不叫，叫的狗不咬人，别看你们平时大声嚷嚷的，比人家高局可差远了。”

“哈—哈—哈—哈，还是局长的理论水平高。”

“那当然，我们局长是理论指导实践再上升到理论了。”

办公室里传来快乐的笑声。

一个星期后的一天，柳大嗓门儿来到高原办公室：“高局，忙着呢？”

“也没啥，写个材料，不是很急的，有什么事吗？”

“高局，大家都说你得请客呢。”

“我请客，我有什么值得请客的事啊？”

“高局，你就别瞒我们了，大家都知道了，想不到我们高局挺风流的啊。”

“什么事啊？”

“高局，不够意思了吧，这东西我明说是不好的，难道你自己还不知道啊？若要人不知，除非己莫为。”

“我真的不知道有什么事值得请客。”高原笑笑。

“那就留着以后再请，高局，想不到你还挺高明的，还是个高手呢？

嘻嘻。”

高原明显感到单位里的人看自己时不再像看怪物了，他们也时常有意无意地到自己的办公室来坐坐，聊聊那些绯闻，也常常拿高原开几句玩笑，但高原始终没有承认，很多时候是来个笑而不答。

周围的气氛明显活跃了许多，大伙儿和他又亲切了起来。

可高原家里的气氛却渐渐变得无比的沉闷。

那天高原回到家，就见老婆铁青着脸坐在那里，还没把手里的包放下，就听老婆一句：“说，那个人到底是谁？你们来往有多久了？”

“哪个人呀？”高原有些莫名其妙。

“你有胆做，就没胆说呀。你不是有个小情人吗？人家都传到我耳朵里来了。”

“没有的事，别听他们瞎说。”

“瞎说？什么时间什么地点你们在哪个包厢出来人家都说得一清二楚，还能是瞎说？人家还说你自己都默认了。”

“那不是小宝他老师吗？那天吃饭正好碰到她，吃完后我向他了解我们小宝的学习情况，就和她单独坐了一会儿。”

“那你怎么不向他们解释呢？”老婆转怒为喜。

“这东西怎么解释得清，越说越糊涂，”高原有些伤感，“再说，那天我是故意聊到这么晚的，特意请她陪着我转了一圈，希望这样能制造点绯闻出来，否则，我的日子还不好过呢。”

在迎检代理公司挂牌剪彩仪式上的讲话

子虚市检查代理公司董事长

艾检查

2012年11月18日8时8分

尊敬的各位领导，各位朋友，各位来宾，大家好！

在这阳光灿烂，金风送爽的大好日子里，我们“创世纪迎检代理公司”成立了。作为公司董事长，我代表公司全体员工，对大家的到来表示热烈的欢迎和致以崇高的敬意！（鼓掌）

迎检代理公司的成立标志着子虚市的迎检工作又翻开了新的一页，开创了迎检工作的新局面，首开国内迎检工作之先河，是子虚市迎检工作的一大创举。

当下的工作中，检查无所不在。了解贯彻落实文件精神情况要进行检查；了解措施、制度实施情况要进行检查；各单位的年终评比排位要进行检查。如计划生育检查，财务工作检查、林业工作检查、水土流失检查、学生体格达标检查、普通话检查、税收工作检查、工商工作检查、打假工作检查、教师学历达标检查、医务工作检查……可以说，有多少工作，就有多少检查；检查无所不在，检查是推动工作的重要手段，是我们各项工作的重要环节和必要步骤。

检查有着悠久的历史，据考证，孔子所谓的周游列国，其实是在进行检查；后来的乾隆六下江南，也是在进行检查；历史上的官员都进行过各种各样的检查。检查是伴随着我们五千年文明一起走过来的，中国的历史有多长，检查的历史就有多久。

我们已经与检查密不可分，我们已经与检查融为一体。离开了检查我们的工作将无所适从，事业将一事无成。一旦没有了检查，我们将有多少单位无事可做？将有多少人失去手中的工作？将有多少家庭失去生活来源？没有检查，后果不堪设想啊。可以说，检查为我们的社会稳定提供了重要基础。

谁不会迎检，谁就会落后；谁轻视检查，谁就没有发展。工作做得再好，做得再实，只要检查没搞好，就会前功尽弃。对于仕途中人来说，不会迎接检查，就是不会做官。

随着社会的不断发展和进步，随着经济形式不断发生变化，社会分工越来越细，检查也越来越多。机关、学校、企事业单位所要应对的检查就越来越复杂。有的人抱怨说检查太多了，这是一个认识问题，记得有一位领导曾经说过，检查就是工作，困难再大，我们也不能因此而放弃检查，也不能置检查于不顾。这位领导的话，可谓是真知灼见，工作中，有什么比搞好检查和搞好迎检更重要的？没有，至少我们目前还没有听说过。因此，我们成立了专门的迎检代理公司，这是有着社会现实意义的。我相信，我们公司的成立，必将造福于干部，造福于职工，造福于群众。

现在，已经进入深秋，今年的各项工作已经进入尾声，各项检查评比都集中在这一时段进行。冬季是各个部门和机关工作的“双抢”时期，一边要迎接各项工作检查，另一方面还要对下级进行检查和谋划明年工作。

“迎检代理公司”顾名思义，就是为各单位代理各项受检业务，使部门、机关、企事业单位的广大干部职工从受检中解脱出来，减轻他们的迎检负担和压力。

本公司的所有工作人员全部是有着丰富迎检经验的久经检查的同志，在迎检工作中他们不仅积累了大量的第一手迎检工作资料，而且总结上升到了专业理论水平，堪称迎检专家。李平博士著有《中国检查史》、王加亮博士著有《检查心理学》、南河先生著有《实用迎检教程》等等，再比如，对各项迎检材料，我们都有着国内最好的范本，做出来的材料绝对可以称作国内一流；有的人对迎检时的接待规格颇有研究，知道对什么样的领导用什么样的规格进行接待最得体，最实惠；有的人对安排土特产有着很好的经验，知道该拿什么，拿多少，做到既让客人高兴，又给自己省钱；还有的人对安排娱乐活动非常内行，知道什么样的检查组该到什么要的地方娱乐最为适宜……现在，公司刚刚成立，业务尚未开展，但是，公司的名声早已在外了。业务订单如雪片般飞来，联系业务的电话整日不断。

我们将以最优秀的业绩和最优质的服务为子虚市的各个部门、机关、企事业单位做好迎检工作。我们的口号是“争当优秀员工，创造最佳成绩，做大一流公司”。无论什么样的迎检，只要按照我们公司安排去做，与我们派驻的人员搞好配合，一定会让受检单位以优秀的成绩顺利过关。

我们真诚希望，为了事业发展，各单位各部门多搞检查，常搞检查，细化检查，这样，我们的业务就会越做越大，我们的公司就会越做越强。

我们相信，有领导的关心爱护，有各界群众的热心支持，有公司各位员工的坚强努力，我们迎检代理公司的明天一定会更美好。

各位领导，各位朋友，各位来宾，我代表公司员工非常真诚地邀请大家常来公司检查指导工作。

最后，祝大家身体健康，工作顺利，家庭幸福！

谢谢大家！

原　则

换届考察结束的那天，乡党委书记苏中特意把乡里推荐的高阳等几名后备干部叫了过来，你们今天中午就跟我们一起去陪陪县委组织部的郝部长等考察组成员。

高阳他们心里很激动，乡里的普通干部，平时接触最多的就是乡里的农民群众，街上的个体户，往上接触多一点的就是县里各个局室的主任和工作人员，有时也接触个副局长、局长的，到了县领导这一个级别，就难得接触了，往往他们来了，都有乡里的主要领导陪着，偶尔出现一下，也是因为业务上的事，时间短，人家根本没印象。要想接触到组织部长就更难了，有的干部工作十多年，从来没跟组织部长说过半句话，招呼也没打一个。

几个人都作好了准备，说什么话，怎么说，都想了一遍又一遍，都想给郝部长留下一个好印象，有两个人还赶快换上了一套整齐的装束，穿得整整齐齐，显得干净、利索，一个个精神朗爽。

高阳心里也有一点担忧，自己不喝酒，如何是好?

郝部长是个酒林高手，据说在乡镇当党委书记时，有一次和另一个县里的一位乡党委书记同时到省里一个部门争取一笔150万元的项目经费，省厅的那位领导喝酒是高手，喝到兴头上，把两个常委书记叫到一起，说："今天谁能用这惠泉杯子喝完六杯白酒，这150万就是谁的。"想不到郝部长竟真的干了六杯白酒，达一斤半之多。省厅领导看了，也被他的为了工作不要身体的精神所感动，把150万项目经费全给了他所在的乡镇。

不喝。高阳最后还是这样决定。

饭桌上，大家频频向郝部长敬酒，一杯接着一杯，只有高阳坐在那儿既不说话，也不站起来敬酒。

苏中说：“小高，快起来给郝部长敬杯酒啊。”

“苏书记，我从来不喝酒的。”

“不喝，今天也得喝点啊，你不见郝部长今天很高兴吗？”苏中把嘴巴凑到他的耳边说，“喝一点，给郝部长加深点印象，对你的提拔有好处的。”

高阳有点为难：“苏书记，我真的从来不喝酒的，长这么大，一直都没有喝过，我不喜欢酒的那种味道，闻着难受。”

苏中有点下不来台，不高兴地说：“那随你便吧。”

旁边的李副乡长赶紧出来打哈哈，他开玩笑说：“小高啊，想不想提拔？想提拔的话就赶紧敬郝部长的酒。”

郝部长拿眼睛看着小高，既不否认也不肯定。

小高说：“李乡长，我肯定想得到提拔重用的，只是我实在不会喝酒，工作这么多年，我在任何一个场合都从来没有喝过酒，今天也一样，我不想破坏我的原则。”

李副乡长一听，也有点生气了：“那你坚持你的原则吧。”

小高站起来，举着杯子，说：“郝部长，实在对不起，我从来没有喝过酒，我用开水敬您行不行？”

郝部长笑了笑：“小高，我也有一个原则，从来不接受别人用开水敬我，你实在不能喝就不要勉强。”

说完，郝部长就起身上卫生间去了。

“看看，郝部长生气了，小高，你就喝一点吧，要不你这事可能真的泡汤了。”

乡里的叶委员赶紧从杯子里倒了一丁点酒到小高的杯子里，然后又加了大部分的开水：“你就这样敬，有酒味。”

刚弄好，郝部长就回来了。

大家都看着高阳。

高阳端起杯子，把里面的酒水倒掉，又倒上一杯水：“郝部长，酒是酒，水是水，我不能掺假欺骗您，这也是我的原则，我还是用开水敬您。”

“想不到，小高还挺有原则的啊!”郝部长笑笑，看了大家一眼。

吃完饭回去，苏中把小高叫去狠狠地批评了一通：“小高，你怎么就这么一根筋呢？你不为自己想，也得为乡里考虑吧？推出一个干部去容易吗？乡里这么多干部，好不容易才今年才有三个推荐名额，要是都能上去多好，如果不能上，就浪费了，到时大家还不说我们。”

“苏书记，我真的不喝酒，刚才我也说了，我这是一项原则。”

“原则原则，你这是什么原则，哪个人像你这样有那么多的原则，原则能提拔你么?”苏中火了。

讨论干部的时候，郝部长说：“这个高阳让他担任纪委书记吧，小伙子挺有原则的，权诱不到他，势压不倒他，还不作假。到这个岗位最合适了。”

后来一次，高阳又在饭桌上碰到郝部长，这一次，高阳真的倒了点酒，站起来：“郝部长，我很敬佩您，上次，我以为我提拔的事因为喝酒会黄了，想不到您却把我放到更重要的岗位上去了。”

“小高，其实上次我也同样敬佩你的原则，我也有一个原则，就是酒桌上的情绪也好，原则也好，从不带到工作中去，我希望你能坚持你的原则，不要改变。”

高阳的脸腾地红了。

艺术的角度

干部考察中有一个关键环节是民主测评，就是召集一个会议，参会的人员每人发一份由组织部制定好的表格，表格上把所有班子成员的名字全部写上，每个人的后面有“优秀”、“称职”、“基本称职”、“不称职”、“可提拔”五栏，测评者只要在相应栏目中打上“√”就行了，然后由考察组统计汇总。通常情况下，测评中“优秀票”和“可提拔票”的多少很关键。

王宏在这次换届考察中，优秀46票，列第五名，可提拔是22票，列第七名，都还说得过去，在二十多名班子成员中算排在前面的，可是，他的不称职票有8票，是班子成员中得这种票最多的。

考察结果严格保密，可是王宏却不知通过什么途径知道了这一结果。那8票不称职票令他坐卧不安。按理，他早就希望从副书记职位提拔到乡长的位置上，当了五年的副书记，全县的乡镇副书记中就他资格最老，从资历看跑不到哪儿去。可是现在不称职票竟然有8票，排在第一名，这个结果可能对提拔产生一个致命的影响。

乡里的花书记可能要调走，李乡长可能接替书记这个职位，如果顺利接上去，王宏就是乡长。不称职票这么多，最容易让人抓住说事，可能只一句“不能很好地团结同事”的话，就会让提拔的事泡汤。

考察组的小张原来是王宏的下属，王宏问他能不能悄悄地改一下，小张说：“王书记，改测评结果这事我可不敢做，发现了要丢饭碗的。再说那些原始的测评表都留着在那里呢，万一重新再统计一下，那就什么丑都丢尽了，这事我可真的不敢做。”

没办法，王宏只好找到叔叔王得实，王得实意味深长地笑着说：“真的是这样吗?”

王宏说：“没错，真的是这个结果，您也知道，我在副书记这个位子上都干了五年了，是乡镇副书记中任职时间最长资格最老的。”

“本来，轮也该轮到你了，可是，你的优秀和可提拔票都不是很多，不会引起主要领导的注意，很难列入乡长后备人选。一个不称职票占了个第一名，这话不好说啊。无论站在那个角度都不好说，大家都知道你熬了五年的副书记了，可是，论资排辈也只是一个理由，总不能说当了五年副书记就可以有8票不称职啊。这事情，我看你自己平时也没有注意，工作上可能方法有点问题，或者你平时做人上存在什么不足。否则不会出现这种情况的。”

“叔叔，那你说怎么办呢，常委会上你得帮我说说话啊。”

“我刚刚调来不久，情况不是很熟悉，有些事情不好说。再说，人家都知道你是我侄子，我站出来说话，反而不好，容易引起人家的反感，要是有人打横炮，补台的人都没有，这事就黄了，我考虑一下吧。”

考察汇报会上，县里的全体常委坐在会议室里听取各个考察组的情况汇报，汇报到王宏的时候，王得实插了句话：“这个王宏有8票不称职？参加测评的人只有76人，占10%还多。”

大家都知道王宏是王得实的侄子，没有料到王得实会提出这样一个明显对王宏不利的问题。心说，这王得实也太过分了，自己的亲侄子，就是有对不住你的地方也没有必要在会上这样整人家。

王得实的话音刚落，张光辉就笑着说：“这个问题有一个角度问题，要我说呢，一个人有几票不称职未尝不是好事，大家都知道，一个人在一个岗位上要干点事情，不可能不得罪人。越是干实事的人，越是会触动别人的利益，就越是得罪人。王宏在那个乡里干了五年副书记，这几票不称职恰恰说明他是一个干实事的人。相反，我对那种完全没有不称职票的同志倒是产生了疑问，为什么会没有一个人对他有点看法，是做得这么公平？还是做老好人？莫说一个乡里的副书记，就是我这个管财务的常务副县长，哪能不得罪几个部门的头头，年底了大家都向政府伸手，可是，我能给吗？该给的给，不该给的不给。那些拿不到钱的就得罪了。要是投票的话，可能他们就会投我的不称职票，说不定我的不称职票也是最多的呢。哈哈。”

张光辉说得有些激动，每一句话都显得掷地有声，并且很有道理。

张光辉以自己可能得不称职票为例，大家就不好说得了不称职票就是不称职或者工作方法有问题了。于是，都顺着他的话说：“是啊，要做事就会得罪人的，现在，就是老好人太多了。”

王得实见此，也只好话锋一转：“是啊，是啊，张县长说得有道理，很有道理，我的思想落伍了，落伍了。”

王宏被定为乡长等额选举的候选人，名字用大红纸贴在乡政府院内的墙壁上。

那天王得实和张光辉一起到王宏那儿吃饭，王宏说：“张县长，我能当这个乡长还多亏了您在会上为我说话啊，真不知道该怎么谢您!”

张光辉哈哈一笑：“谢我干什么？要谢就先谢你叔叔吧，没有他的铺垫，我就什么都不好说，你哪能引起大家的注意呀？什么好评都没有了。你呀，今后多学着点，这就是领导艺术啊！这找角度用人的学问，大着呢。”

潘金莲的三围

梁山影业公司总经理宋江到“金莲娱乐休闲中心”去按摩，看到了有闭月羞花沉鱼落雁之貌的潘金莲，就热情地邀请她到公司发展。半年后，由潘金莲主演的影片《肥硕的乳房》一炮走红，潘金莲名利双收。接着她又主演了《我的第 28 个老公》《夜夜想你》等等，那一段时间，潘金莲与宋江形影不离，两人也合作拍了一系列很有影响的电影和电视连续剧，不久潘金莲与武大郎办了离婚手续，和宋江住到了一起。三年后潘金莲和宋江离婚，离开梁山影业公司。宋江和名妓李师师搅在了一起。

关于潘金莲和宋江的分手，媒体有过多种说法，比较权威的主要有四种：一说是宋江看上了年轻貌美的名妓李师师，打算把她捧红，为此，潘金莲离开了他；一说是宋江看上了扈三娘，冷落了潘金莲；第三种说法是潘金莲由于和宋江在利益分配上闹了矛盾；最后一种说法是潘金莲被江南影业集团董事长方腊看上了，准备到南方发展。

经历了一段时间的传闻后，潘金莲果然到了南方影业集团，据《润洲晚报》消息，不久潘金莲产下一子，取名潘小松。关于潘小松之父，说法也颇多，说宋江、武松、方腊、燕青的都有，也有人说是西门庆。有报纸说潘金莲准备去做个亲子鉴定，但终于没有听到下文，这让一些记者和读者很是失望，潘小松的父亲到底是谁呢，人们比关心自己孩子的父亲是谁还要热心得多。不过，大家都猜测潘金莲对武松还是情缘未了，这一点，从她给孩子取名潘小松就可以看出来。

潘金莲的三围成了近来媒体关注的热点，具体说就是潘金莲的臀围大还是胸围大，臀围和胸围分别是腰围的多少倍。《大名都市报》的名记者捉影先生说潘金莲的臀围和胸围相等，并且是腰围的3倍。《水泊晚报》的记者捕风先生则发表了另一看法，说他从一个比较确切的地方了解到潘金莲的胸围比臀围大了一公分，是腰围的2.999倍。而《润洲晚报》的记者郓哥引用了武大郎的权威说法，潘金莲的胸围比臀围要小0.5公分，是腰围的两倍半，并且特别声明是武大郎先生曾经用软尺量过的。

出乎意料的是，竟然由此引发了一场关于潘金莲三围大小这一问题的争论，捉影先生在《大名都市报》上撰文指出，郓哥的消息是不确切的，没有站在时代的立场上去看问题，没有用发展的眼光去看问题，事物是发展变化的，潘金莲的三围也同其他事物一样在不断地发展变化，而郓哥却还在用多年前武大郎的几个数字做文章，这能说明问题吗？丝毫也说明不了问题。捕风先生在《水泊晚报》上也撰文说明自己消息来源的准确无误，说明自己的消息来自于潘金莲的保健医生，其它两种说法都是谬误的，并且指出，潘金莲正在哺乳期，其乳房比过去大是有科学依据的。郓哥也不甘落后，写了一篇《关于潘金莲的三围问题兼与捉影捕风两位先生商榷》的文章，用整版的篇幅与捕风和捉影两位记者进行了讨论，充分运用自己过去所了解的情况和特殊身份，引用了宋江的原话，列举了大量的事实，雄辩地证明自己的观点是正确的。三家报纸三位记者你方唱罢我登场，你来我往，毫不相让，争论不休，一直没有一个结果。

最后，还是武大抓住机会写了一本《我所知道的潘金莲的三围》，全书共30万字，共印刷了250次，计2500万册，成了大宋十年来销量最大的一本畅销书，这场争论才渐渐平息下来。

关于潘金莲的三围问题的争论，使得三家报纸接连出了多期的号外，报纸的销量比过去翻了三番，各地的报纸竞相转载相关文章，三位记者不仅挣足了稿费，而且一举成名，很快成了大宋名记。

潘金莲的名气越来越大，明星的风采也越来越足，主演的影片越来越多。每一个影片出来，每到一个地方，媒体都要未雨绸缪，先刮一阵大风，狂风过后大红大紫的潘金莲才徐徐降落。

我是一个抢劫犯

你们看我现在的样子很潇洒吧，睡到上午 11 点左右起来，到旁边的咖啡馆里喝一杯咖啡，听听音乐，样子很像一个诗人。

其实，喝咖啡的时候，我并不宁静，我的心跟诗人是完全不一样的，我总在想着今天晚上的作案对象是谁，总在想着今天晚上会不会失手？什么时候自己会到监狱里去度过艰难的日子。

你们一定会问我，你的胆子可真大，可为什么要去作案？

我不知道我去抢劫，你们该不该负责任。过去，我并不是一个抢劫犯，只是一个穷人，一个胆小鬼，并无其他爱好，只是有点懒。那天晚上喝了点酒，经过一排房屋的时候，不知怎么的就产生了一种想偷东西的念头。可是，门都关了，我不会飞檐走壁的夜行功夫，没法从窗户上进去，于是就一户一户地摸过去，想看看有没有忘了关门的人家。

摸到第二十户的时候，真的把一户人家的防盗门打开了，借着月光，我走了进去。卧室的门也开着，传出来男女主人均匀的鼾声。我蹑手蹑脚地走过去轻轻地把卧室门关上，打开客厅的灯找起东西来，可是，什么也没有找到。

没办法，我只好打开卧室的门走了进去，男女主人公的包放到床头柜上，我要拿到那两个包，必须从那张宽大的床前绕过去，万一被他们发现了，两人一把堵在门口，我就完了。

看着那两个充满巨大诱惑力的包，我的心“怦怦”直跳，速度一下子快了起来。

我犹豫了半天，还是不敢过去，只好回到客厅里。

坐在沙发上，我想了想，走？还是不走？

最后，我还是决定进去拿着那两个包出来。我再次来到卧室里，结果我还是没有勇气走过去，只好又沮丧地回到客厅里。

我埋怨自己没用，不争气。

终于，我鼓起勇气再次走进了卧室，绕过那张床的时候，我太紧张了，男主人只轻轻翻了一个身，就差点把我吓死。

可能是太紧张的原因，我脚下碰到了一件东西，原来是一个小孩子的玩具，一下被碰出去老远，撞到了壁橱上。清脆地发出了“啪”地一声。

我悲哀地叹了口气，完了，呆呆地站在那里。

果然，月光下，女主人睁开了眼睛，看到我的样子，她惊恐地瞪大了眼睛，像是要叫出声来，然后又迅速地用手把自己的嘴掩上了。只见她在被子里用手摇了摇她的男人，男人也醒了，看到我，也吃了一惊，第一反应像是要起来抓我，可他只动了一下，就被一股无形的力量拉住了，然后，他又躺下，两眼看着我。估计是被子里的女人把他给拉住了。

我等着他们起来抓我，可是半天也不见动静，回过神来，只见两位主人好像又睡着了一般，抱在一起，眼睛也闭上了，好像睡着了，这房间里像什么事也没有发生一样。

我欣喜若狂，想不到今天碰上两个傻瓜，我猜想他们肯定是中了迷香之类的东西，起不了床，否则，为什么不起来抓我呢？

抓过两个包，我回到客厅里打开，抽出里面的钞票就走了。

走到楼下的时候，我有些紧张地回头看了一眼，作好随时逃跑的准备，只要他们一声叫喊，我就立即往前面跑。我看到楼上的灯亮了，但没有听到叫喊声。

我从从容容地走了出去，那天晚上我偷了近五千元钱。

我很感激那一户人家，感激他们没有起来抓我，感激他们在我离开的时候没有大喊大叫使我成功逃脱。

用那笔钱，我学会了进酒吧、咖啡厅，学会了玩女孩子。

也就是偷钱的第三天，我走进了一家咖啡厅里，里面很静，有几个大个子男人在一张桌子旁喝着咖啡，谈论着一些话题，声音虽然不太，但听得却很清楚。

“老张，听说，那天你家里碰上小偷了？”有人问。

一个大个子男人说：“不是小偷，是抢劫犯，一共抢了我4950呢。”

“抢劫？”旁边的人吃了一惊，“那太危险了！”

高大男子接着说：“是啊！几个牛高马大的抢劫者，也不知怎么来到我们家里的，我记得是锁了门的，也就神了，他们怎么弄开我家的防盗门的呢？我醒来的时候，几个人就站在我的床前，清一色的黑色夜行衣，黑色面罩，只露出两只眼睛虎视眈眈地看着我，手里都拿着寒光闪闪的杀猪刀，只要我一动，也许他们手中的刀子就会捅过来。其中一个抢劫犯对我说，别出声，也不要起来，否则你们一家就没命了。我老婆吓得直哆嗦，紧紧抱着我一动也不敢动。这时候，我一点办法也没有，只好看着他们把钱拿走了。”

4950元，正是那天晚上我所偷的钱啊。我明明是偷的，怎么变成抢劫了？要是那天晚上知道他长得这么高大威猛，借我几个胆，我也不敢上他家去偷东西，我这样的小个子，他一拳头还不把我打得粘到墙壁上成一块肉饼？

在一旁，我听得直发笑，什么抢劫，全是假话，明明只有我这样一个文弱的人，却说有五个蒙面大汉，把我吹得神乎其神。

有人问那大个子，那你报案了没有？

“报了，当天晚上就报了，我告诉110干警，有五个蒙面人进入我家抢劫。可他们到现在还没有把案子破出来。”

一旁的我真为那些公安民警抱不平，明明一个人，却说有五个人，让人家怎么能破出案子嘛，除非是办冤案。

第二次、第三次我的偷盗经历都差不多，隔两天街上就会流行着几个人入室抢劫的传奇故事，情节曲折紧张，扣人心弦。其实呢，就这么简单。

后来，我的胆子越来越大，由一名小偷真的过渡到了抢劫犯，每次偷不成就真的拿刀拿凶器抢。第一次抢劫时，才把刀子掏出来，那个人就吓得尿裤子了，连声对我说，别杀我，求求你，别杀我，钱你都拿走吧。

我知道终有一天会被抓住的，现在我再也不感激第一次让我成功把钱偷走的那户人了，当初他们要是抓住我，把我打一顿，我就不会过现在的日子。也许我会有一份收入不高但很好的工作，安心过自己的生活，这样多好啊！想到这些，有时我就真想回去报复一下他们，他们真的害了我。

让我的车帮你办调动

陈宏志的妹妹在邻近地区的东山县乡下教书，夫妻两地分居，一直想调进城里，可办了近十年了就是办不成，年年暑假都要忙碌一番，每次，领导不是说城里编制已满，就是要照顾更困难的同志。前几天，陈宏志到她家时又听到妹妹在唉声叹气，说今年又调不成了。陈宏志安慰她说：“调不成就算了，乡下的空气清新得多呢，爸爸妈妈和你大哥我在乡下不照样生活得好好的，多吃点苦算什么，咱可是乡下孩子呢，过几年再看看吧，以后再调也不迟。”

小妹也只好流着泪说：“调不成能有什么办法呢，只是苦了你妹夫，一个人又当爹又当妈的，每天除了工作外，还要照顾孩子忙家务。一个大男人的，本身工作就很忙，又加上个孩子，也真难为他了。”

陈宏志也只好跟着叹了口气：“别灰心，总有办成的时候。”

陈宏志打算回家时顺便到一个分别了近二十年的战友家看看，因为隔着个地区，见面机会就很少，过去每年还写一两封信，现在有了电话信就没写了，逢年过节时打个电话问候一声。

到了战友家，才知道当年他们的班长刘刚前不久到这个地区担任专员。

陈宏志就和那位战友去找刘刚，一来是分别时间长了想见见面叙叙战友情，二来是想为小妹的事出点力看能不能帮上忙。一别多年，见面自然分外亲热，刘刚手头的事安排好，把城里的几个战友都用电话叫了来，热热闹闹搞了一整天，陈宏志就在刘刚家住下。陈宏志谈起小妹的事，谁知刘刚只淡淡地说了句：“明天再说吧。”

陈宏志心里就很不是味道。心说看来什么战友情，朋友义，吃吃喝喝的时候还行，一涉及正事就只能是空话一句。早上醒来，刘刚对他说：“大老远的又隔着一个地区，你也难得来一次，就在这再玩一两天，顺便去为你小妹的事走走，看能不能办成。”

陈宏志快快地说：“不办了，调不成就算了，以后再说吧。”

“没有熟人还不一样的办，事在人为嘛。为你的小妹，就是碰钉子你也得去碰一碰，才算尽到你这当大哥的责任。”刘刚笑笑。

漂亮话倒是很会说，陈宏志心想。他真有些生气了，那你帮我打个电话过去，打声招呼。

电话我就不打了，今天上午我有个会，也没空陪你去。我不需要车子，你就坐我的车去，有辆车也方便些。

一会儿司机小李就把刘刚的二号车开来了，陈宏志也就抱着“死马权当活马医”的想法上了车。

一个小时后，二号车直接开进了东山县政府的大门，陈宏志说：“小李你是不是弄错了，我妹妹是教书的，办调动得去教育局，跑到这县政府来干什么？这里边我又没熟人。”

“没有错。”小李说。

远远地陈宏志就看到县政府的楼梯口快速地出来几个人，快速地来到二号车旁，脸上都挂满灿烂的笑容，见到车上只下来他们两个人，眼里就有些失望。小李忙着介绍，这位是吴县长，这位是汪副县长，这位是郝副县长……这位是张秘书。最后介绍他，这位是陈宏志先生，刘专员的战友，刘专员今天有个会，来不了，特意让我送陈先生过来。小李在“特意”两个字上加重了语气。

刚刚暗淡的眼神随即又亮了起来。大家就很客气地伸出手来再次紧紧地握着陈宏志的手：“欢迎，欢迎。”欢迎陈先生前来指导工作。陈宏志心说，我哪里能指导什么工作，这分明是虚假的客套嘛，我妹妹到了几次教育局，脸色都没见到一个好的啊！就别说这县政府了。

简单的寒暄之后，陈宏志说明了来意，吴县长说：“啊！陈先生还有个妹妹在我们这教书，你不来我们还真不知道啊。这事我过问一下，坐了大老远的车，先休息一会儿，中午在这吃顿便饭。”安排好陈宏志和小李后，吴县长他们就忙公务去了，留下分管教育的朱副县长和张秘书陪着他们。

一会儿，一份调动申请表就拿到了陈宏志的手中，朱副县长、教育局长都在上面签了字。

下午，陈宏志的妹妹就拿到了调令。

陈宏志回到了刘刚家里。

“成了不?”刘刚问。

“成了。”你那“2”字车牌号一出门，比我妹妹跑上十年都管用啊!陈宏志喜滋滋地答。

刘刚笑笑，没有说话。

梁山好汉争创吉尼斯

一项吉尼斯世界纪录搞得红红火火，为国人添了不少光彩。大家经常在报纸上看到，谁谁又为我国增创了一项吉尼斯世界纪录，什么最大的鞋子最大的西瓜吃钢铁吞玻璃之类的五花八门，应有尽有。

这一日，宋江召集众位好汉到聚义厅开会，先是军师吴用发表讲话："众位兄弟，今天召集大家前来，是有一项非常重要的事情要和大家商议，这件事情说小一点是关系到各位好汉的个人声誉，说大一点是有关我山寨名声，再大一点是有关我大宋国的声威，希望大家一定要充分认识这一项工作的重要性，把它提高到当前各项工作的重中之重，摆到首要的议事日程，丝毫马虎不得，会议结束时，各位首领还要在这里签订责任状……"

吴用在充分强调了工作的重要性之后，把创造吉尼斯世界纪录的工作做了具体安排。接着宋江进行了强调："想我水泊梁山，乃大宋的人才聚居之地，个个英雄好汉。现在其他地方申报吉尼斯世界纪录搞得如火如荼。可到现在为止，我们却还没有一项吉尼斯世界纪录，这是什么问题？啊，这是一个很严重的问题啊！众位兄弟，这就是我们思想上没有引起重视嘛，为什么一项这么重要的工作都没人去做，没人重视，这就是我们平时学习不够嘛。我提醒各位好汉一句，从今天起每人每天写两千字的学习笔记，月底交吴用军师那儿检查。散会后神行太保戴宗赶快去把有关吉尼斯世界纪录的书籍买来，供大家学习。两千字并不多，大家少打点麻将，少进一会儿按摩厅就行了。创造吉尼斯世界纪录工作是一项重要工作，吴用军师刚刚已作了强调，我就只说一句，大家要把它当作一项军事任务来完成，一定要结合自身的特点，搞出点特色来。不但要抓紧时间，而且要保证质量，谁不能按时完成，或者有哪位完成不好的，就是一条路，下山走人。到时可别怪我宋江不讲情面。下面签订责任状。”

每人申报一项纪录，吴用每天进行一次情况调度，然后向宋江汇报。

铁扇子宋清，申报的是世界上最大的铁扇，设计重量 108000 斤，象征着梁山 108 位好汉。

小李广花荣，申报的是世界上最大的弓，弦的设计长度达 54 米。

孙二娘也申报了一项，世界上最大的包子，设计重量为 3.6 吨。

禁军教头林冲申报的是世界上最长的枪，设计长度是 1000 米。

青面兽杨志与行者武松在申报项目上闹了点矛盾，因为两人都是使刀的，都要申报世界上最大的刀，后来还是宋江亲自找武松谈话，武松才放弃申报最大的刀，而改为申报世界上最长最大的哨棒，但他和青面兽杨志的关系却从此不和。

吴用在申报项目上也花了一番心思，因为他不是武将，是文人，所以申报最大最重最长的武器的话，就等于是在抢弟兄们的项目，想来想去还是在笔上做了文章，申报了世界上最大的毛笔，笔端用 360 斤马尾做成。

申报的难题出在宋江，因为他没有什么项目可申报，文武都不出色，标准的一个外行领导内行，所以吴用也犯了难，最后，就宋江头领的申报项目问题又召集了一次会议，要求大家献计献策。后来，还是花和尚鲁智深一句话引发了大家的思考：“我们就少报一个吧，这已经都恐怕是一次性申报最多的了。”

“对，这也是一项世界纪录啊！”

“是啊，还有哪个国家，哪个单位能一次性申报一百多项吉尼斯世界纪录？”

于是，宋江就作为“一次性申报吉尼斯世界纪录最多的领导”申报了这一项目。

在所有的申报项目材料和申报的具体实物准备工作完成后，宋江带领梁山好汉们九次来到英国吉尼斯世界纪录总部。虽然卢俊义说辽宁有一个申报代理机构，但宋江认为，像这样大规模的申报，还是到总部去比较合适，多花几个钱也值得。一丈青扈三娘说："跑了九次，英国一些景点的角落都走遍了，我都能在英国当导游了，要是这吉尼斯总部能经常变换国家该有多好，那样我们就可以到各个国家走走。"

不知怎么的，李逵在英国时无意中听到有人说，那个纪录是一个搞笑的纪录，并不像什么奥斯卡、诺贝尔奖之类的具有什么严肃性权威性，什么东西都可以申报。李逵说："他奶奶的，外国人一个闹着玩的什么纪录，我们却当了真，害得老子花了这许多力气。早知道这样，老子早早地憋好一泡尿到这里来一撒，不就成了世界上撒得时间最长、重量最多的一泡人尿吗？来得容易，省钱又省力。"

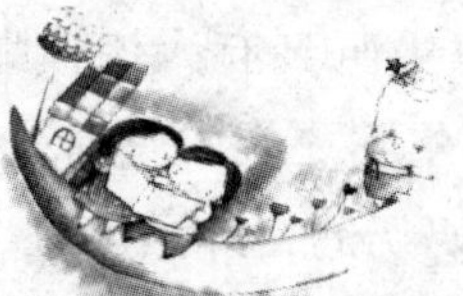

公事私事

白世镜大学毕业后到了机关工作，机关都是实行坐班制，从早上八点开始，中午十二点下班，下午两点半上班，六点下班，天天如是，没有什么改变。有时出去下乡，搞搞调查，或者督促工作落实，时间就变得宽松了，走到乡镇，只几分钟就把事情办好。人家就会说，你们也难得下来，到下面走走去，或者说，去玩几圈麻将吧。

于是，一圈麻将打下来，到晚上才回去。

三年后，白世镜结婚了，紧接着孩子也出世了，白世镜的时间一下子紧张起来。

麻雀虽小，五脏俱全，两三个人也是一个家，柴米油盐之事同样有很多。白世镜的工作不多，有时快速把手头工作处理掉，挤出一点时间去买个东西，回家洗个碗筷什么的。

局长从办公室经过时，看白世镜不在，就问旁人："小白上哪去了？"

肥姐说："不知道啊，刚刚还在，想是去办什么事去了。"

局长就问秘书科："小白上哪去了，你们知道吗？"

秘书科的杜科长说："不知道啊，没听说要出去办什么事。"

一会儿，白世镜回来，有人就告诉他，刚才局长找过他。

白世镜心说，怎么那么倒霉，出去一会儿就被局长知道了，赶紧叩响了局长办公室的门。

小心翼翼地问："局长，您找我？"

局长翻了一下手里的报纸，看也没看他，应道："啊，没什么事，看你不在，我随便问问。"

白世镜心里顿时轻松下来。

那天，白世镜看了半天报纸，有些累了，想起爱人说要他下班时去买一袋奶粉带回家。再看看大家，都没有啥事，肥姐正在听音乐、嗑瓜子，瘦藤正在网上与女网友聊天，隔壁办公室的马脸正在炒股，这一段时间闲得很，大家每天都优哉游哉的来，优哉游哉地去。

白世镜心说，反正没事可做，我何不现在去买好，下班时直接回家便是。

他刚出门，局长上厕所回来，看到白世镜不在，就问："小白呢，怎么不在？"

瘦藤说："刚刚还在，可能上厕所去了。"

局长有些生气，以为瘦藤在骗他："什么上厕所去了？我刚刚从那儿出来。"

看局长有些生气，瘦藤赶紧止住了声。

局长又问秘书科："小白上哪去了？"

秘书科杜科长说："我们也不知道。"

局长说了句："太不像话了，上班时间怎么能到处走嘛。"

板着脸走了。

一会儿，白世镜兴冲冲地提着一袋奶粉回来了，走到办公室一看，气氛不对，只见肥姐用手向局长办公室指了指，伸出舌头做了个怪动作。

这时杜科长说："局长刚才找你呢。"

白世镜赶紧来到局长办公室。

"局长，您找我。"

"啊，也没什么事，看你不在，随便问问呢，上班时间，得保证在岗在位啊，不要随便乱走，手头的工作做完了，看看报纸也是一种学习嘛。"

从局长办公室出来，白世镜心说，在这也是听音乐看报纸，为什么非得坐在这儿呢？再说，我出去的时间也不长，前后就是二十来分钟吧。

星期一上午的班前会上，局长不点名地批评了他，说有的同志不坚守岗位，擅自出去办私事，这是不允许的，一个人工作时间，哪里有那么多私事要忙的？

局里的干部虽然很闲，但局长却似乎很忙，每天夹个公文包准时来上班，十点不到就出了门，好像有很多公务要处理的样子。

好几次，白世镜下班都看到局长的车停在那个“福临门”大酒店门口。

一回，另一个单位的办公室主任神秘地告诉他，昨天，你们局长在这里输了八千块钱。

白世镜吃了一惊：“不可能吧，他天天都忙得很，哪里会去玩麻将呢。”

那人笑笑：“怎么不可能，就是跟我们局长一起玩的嘛，我在一旁看着呢。当了局长了，夹个包出门，谁知道他是去玩还是去开会，或者真的去处理什么公事呢，出门就是公事，你看看那些人去旅游，全是挂着招商引资的名义呢。”

那天之后，白世镜变得很用功，很刻苦，一有空闲就钻研业务，很快成了全市整个系统的业务尖子，不断得到提拔重用，五年后就当上了另一个局的局长。

那天，白世镜带着爱人和孩子以出差办事的名义在一个著名风景区游玩时，忽然想起几年前上班去买奶粉挨批评的事情，不由苦笑一下。

他感慨了一声：“这公事私事，谁能分得清啊!”

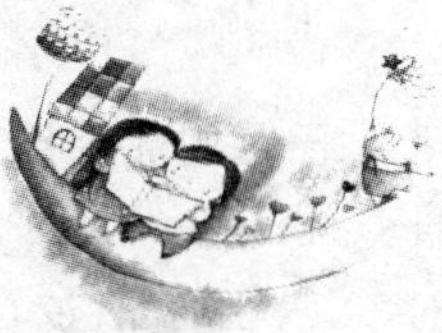

捉 奸

“狗日的村主任和我们村小学那个骚狐狸高玉梅有一腿呢!”拐子得意地说，“前天晚上我看到村主任去高玉梅的房间里了，进去一会儿就熄了灯。”

“拐子你别是弄错了，高老师不是那样的人呢，再说人家一个30岁不到的人，咋能跟那个快50岁的村主任嘛。该不是你几次调戏人家遭到拒绝就想把高老师的名声搞坏吧。”狗子说。

林子接过了话：“拐子，你可真别乱说，人家高老师一个城里人到我们这村里来教这些孩子容易么？咱做点偷鸡摸狗的事还行，要说高老师的坏话可是不行呢。”

“你们几个不信就算了，哪天我证明给你们看。”

果然，三天后的晚上，狗子、林子正在看电视，就见拐子贼贼地笑着在门口招了招手。

两个人就知道准又没什么好事了。

“走，和我一道捉奸去。”

“捉奸？你是不是吃错药了?”

“我刚刚看到那个狗日的村主任喝了酒以后向学校走去了，一定是去找那个骚狐狸的，走，快点。我把梯子都准备好了。”

狗子和林子一听，从来就只听说过捉奸，还真的没有去捉过，觉得这事儿挺新鲜，也来了兴趣。

三个人猫手猫脚地来到小学里，果然村主任也刚到，只见他身子一闪就进了高老师房间的门。

月光下，拐子挥了挥手，示意他们两个跟着他，三个人轻轻地向房间后面走去。拐子向墙根下指了指，墙根下放着一架木梯，木梯的上头还用稻草扎好了。

狗日的拐子还真想得出来啊，怕弄出声响来，连梯子都扎好了。林子心想。

三个人小心翼翼地把木梯扶起来，轻轻地靠在墙上。

“狗子，你先上。”

狗子像蜗牛一样慢慢地爬了上去，窗户里传来村主任和高玉梅老师不大的说话声。

“你急什么嘛，先听我把话说完。天冷下来了，那几个教室该装上玻璃了，孩子们上课都冷呢，特别是下雨刮风的时候，孩子们都冷得直哆嗦。”

“这还不简单，明天我叫他们去请一个人来装上不就得了。”

“说是简单，怎么开学到现在，校长都对你说了多少次了，你就是不装啊?”

“嘿嘿，你没跟我说嘛。上次你跟我说要给孩子们买篮球架，不就买了一个篮球架么？唉，你这手真软啊。”

“放下，跟你说正事呢，学校也该有个围墙了，校门口就是公路，虽然汽车不是很多，但摩托车却挺多的，那些年轻人开车开得飞快，前天，那个一年级的陈露就差点被一辆摩托车给撞了，没个围墙，孩子们不安全呢。”

“行，寒假里就开始修围墙。”

拐子在下面张大着嘴巴扶着木梯，突然觉得嘴里一咸，好像有一滴液体滴进了自己的嘴里，接着又觉得脸上也有了几滴。

“他娘的，怎么下雨了。”他轻轻地骂了声，后来一想又不对，这是在屋檐下呢。接着就觉得梯子在晃动，狗子抽泣着肩头一耸一耸的，还用手擦着眼泪。

“怎么了，你?”拐子问。

“高老师，她……你们自己去听吧。”狗子哽咽着说。

林子又爬了上去。

“我就想不通，那些又不是你的孩子，你干啥这么为他们操心?”村主任说。

“我是他们的老师啊，我不操心他们，谁来操心他们？哪里都像你这种人天天吃喝嫖赌。”

“好，好，好，听你的，买两架脚风琴，再弄些什么小乐队的乐器，记住了，这可是看在你的面子上啊。”

……

一会儿，林子又抽泣着下来了。

“到底发生什么事了，你们两个都一副熊样。”拐子有些莫名其妙，“我上去看看。”

拐子在上面好一段时间，下来后，什么也没有说，刚才那贼贼的坏笑没有了，月光下，只见他板着一张脸。拐子挥了挥手，三个人迅速抬着梯子走了。

“这狗日的村主任，我饶不了他。”拐子“啪”“啪”两声在自己的脸上狠狠地抽了两巴掌，“我是个畜生，这么看人家高老师。”

他气急败坏地把木梯上的稻草狠狠地扯了下来，用脚拼命地跺。

“狗日的村主任。”拐子喘着粗气，“这个狗日的，这个畜牲，看我怎么收拾他。”

那天晚上，村主任回家时，意外地被三个蒙面人打断了一条腿。

第二天，村主任躺到了病床上。

村主任对前来探望他的亲戚朋友们说：“喝多了酒，摔了一跤，摔断的。”

永远的红杜鹃

杜鹃花开的时节，也是高寨小学的学生们最高兴的时节，每年的这个时候，就要从城里来一批年轻的实习老师，他们住在学校里，天天和同学们在一起，上课时教大家学知识，下课了和大家一起跳舞唱歌。那一段时间，放学后的校园里就由冷冷清清变成了热热闹闹。

杨丽来到高寨小学实习时，漫山遍野盛开着杜鹃花，远远望去，一簇簇，一团团，火红火红，开得热烈奔放。

“哇，这么多的杜鹃呀！”

“你们看，那一团团多漂亮啊！”

走进学校时，杨丽他们五个人每人手里都有一束火红的杜鹃。

杨丽带的是四年级学生，虽说实习只有短短的一个月，不过杨丽还是以最饱满的热情投入到了工作当中。

杨丽和两位女实习生住在一起，下了课，小学生们就往他们这些实习老师的房间里跑，屋子里常常挤满了学生，他们天真活泼，问这问那。

放学后，山里的孩子们本来要回家做家务，但是，实习老师来了，他们也就不愿这么早回家。

一天下午，杨丽问一个叫蓝叶的女孩子：“没有回去打猪草，父母不会责怪你们吗？”

“不会。我爸爸说了，实习老师来了，我们就可以晚一点回家。”

“我妈妈说，让我跟老师学跳舞，学唱歌。还说哪天让我带杨老师到我们家去。”

“杨老师，你是不是也只教我们一个月就要走呀？”

“是啊，老师其实也还是个学生，教了你们一个月也要回学校去，否则老师就成了旷课的不听话的学生了。”

“那以后你们还回来教我们吗?”

“也许吧。”

“到底会不会呀？杨老师。”

“小胖，别问了，我爸爸说，我们这里太穷，城里的老师是不会来的。”一个叫绰号叫“猴子”的男孩子插嘴了。

“猴子说得对，前几年的几位老师都说会回来的，结果一个也没回来，到现在我们还天天到路上去看，看他们来了没有呢。我妈妈就说我们傻，说人家早就走了，不会来我们这穷地方教书。”蓝叶说。

“你们这里不是有这么多老师么?”杨丽问。

小胖的声音忽然间小了许多：“杨老师，我们这儿的老师一个个都是好人，可是，可是……”

小胖欲言又止。

“可是什么呀?”杨丽问。

“可是他们年纪都大了，那个年纪最小的钟老师今年都 42 岁了，他们都是本村人。有一回上课，我问老师城里好不好玩，他说，他也没有在城里玩过，每次都是去考试。可能好玩吧。”

“我们的老师不会唱歌，不会跳舞，不会画画。”猴子忽然说道。

“老师用普通话读课文的时候，难听死了，不像杨老师你读得那么好听，杨老师读得就跟电视里的一样。”

“我们的老师上完课就回家了，从来也不跟我们说学习之外的话，更不和我们玩。”

“杨老师，你不要走嘛，留下来教我们好不好?”

“不行啊，老师也要回学校去，不然，老师的老师会批评我的。”

“不。”几个孩子忽然间哭了起来，“杨老师，你不要走，我们就要你教，我们就不让你走。”

杨丽想不到刚刚还说得好好的几个孩子突然间就哭了起来，一时有些没了主张，费了好大的劲才让他们停止了哭声。

“好，好，杨老师离开一段时间以后，就回来教你们。”

“你是不是也和早几年的老师一样骗我们呀?”

“我不骗你们，只要有机会，杨老师一定回来教你们好吗？来，我们拉钩。”

“杨老师，你家在哪儿呀?”

“我家呀，我家在很远的地方。”

“是在电视里那些有画一样的房子的地方吗?”

“杨老师，你喜欢杜鹃花吗?”

“喜欢，这花很漂亮啊，就像你们一样可爱。”

“那我们天天都给你采一束杜鹃花，你可一定要回来教我们呀。”

“好，我一定回来。”嘴里虽这么说，但杨丽心里却想：要真到这地方来教书，可就倒霉透了。

果然，每天早上，都会有学生给杨丽在办公桌上插上一束火红的杜鹃。

一个月的时间很快就过去了，山上的杜鹃花也越来越少了，就在杨丽他们准备返校的前一天，学校出了件大事。

蓝叶在上山采杜鹃时不小心掉到了一个早年私人挖过煤炭的炭井里，等人们下到井里时，她已经在积水里停止了呼吸。

抱着蓝叶，杨丽大哭了一场。

几个月后，县里选调教师，通过了考试的杨丽，主动要求到高寨村当了一名小学老师。

掌声

那是一个普普通通的农家孩子，当王兵的父亲带着他来到我面前时，我用教师这个职业特有的眼光审视、打量着他，我心里说：很普通。唯一让我感到有些不同的是，从这个孩子眼光里我看到了一种“犟”，一种桀骜不驯。

“刘老师，王兵就交给您了，这孩子就是有些‘癫’，请您多费些心思管教管教他，我和他母亲都拿他没办法，骂又不听，打也没用。”过了一会儿，他父亲又把我拉到一旁很诚恳地说：“刘老师，他要是实在不听话，就揍他，看他敢不敢‘癫’，我希望您把他像自己的孩子一样对待，我不会责怪您的。”我们这一带把乱来、行事不计后果、考虑欠周的人都叫“癫”，意思是跟精神失常的人一样。

果真，王兵是一个“癫小子”。学校考评，我班的扣分大都是他惹出来的，每天，班里最少都有几位同学来反映王兵的情况，不是跟人打架、上课讲话、看小说，就是把人家的东西弄坏了，要不就是晚上就寝时大吵大闹……就连其他任课老师也经常到我面前来说他的不是，让人又烦又很生气。学校的值日板报上隔三差五地出现他的大名，不到一个月，王兵在学校就成了“名人”。在教室门口、办公室、我的住处，我不知找他谈多少次，苦口婆心有过，声色俱厉也有，可一点不管用，他依旧是大错照犯，小错不断。不过生气归生气，我还是尽量克制住自己的火气，没有动手打过他。

然而，接下来的一件事却真的让我怒发冲冠，一气之下重重地打了他一巴掌。

一天中午，我正在午睡，突然传来“咚”“咚”“咚”急促的敲门声，一个学生慌里慌张叫："刘老师，不好了，王兵他们要杀人了。"我大吃一惊，一跃跳了起来，跟着学生就往外赶。路上才知道，王兵他们跟二中的几个学生发生了冲突，约好今天中午在双桥头打群架，第三节课后，他们就每人买了一把一尺多长的水果刀，声称要砍死对方，当我快到双桥头时，只见王兵几个已经站在那儿了，一看到我，几个人撒腿就跑，一会儿就没了踪影。

回到学校，想想都有些后怕，如果不是学生报告得快，就出人命案了，我这班主任麻烦可就要多大有多大了，再想想，王兵的家庭本来就比较困难，万一砍伤了或砍死了人，不就给这个家带来灭顶之灾吗？我怎么对得起他的家人。于公于私我都有责任，都脱不了干系，我越想越怕，越想越生气，可是整整一下午，王兵都没有回到教室上课。

第二天第一节是语文课，我一走进教室，就看到王兵坐在那里，低着头不敢看我，班上其余的49双眼睛都看看我又看看王兵，他们不知道老师今天会如何处置这个闯下了"大祸"的同学。

"王兵同学，请你站到前面来，向全班同学解释一下昨天中午的事情和下午没有来上课的原因。"我尽量用平静的口吻跟他说话。

王兵站了过来，低着头，一句话也不说，任我怎么问，怎么劝，他就是一言不发。

我那蓄积在心底的火山终于爆发了，"啪"的一声，我的巴掌重重地打在王兵的脸上，立刻，王兵的脸上出现了几道红红的指印。

看着那红红的指印，我立刻后悔了，一种巨大的负疚感刹那间涌上心头，我不知道自己是如何结束这堂课的，也不知自己是怎么走出教室的。回到办公室后，整整一个上午我都为自己瞬间的冲动而深深自责。在下午的班会课上，我充满歉意地说："同学们，老师今天上午由于一时冲动，没有理智地控制自己的情绪，动手打了王兵同学，给王兵同学造成了身体和心灵的伤害，现在，我特地向王兵同学、向大家道歉，希望大家能原谅老师的过失。"说完，我对着50名学生深深地鞠了一躬。

出乎意料地，"哗……"的一声，教室里立刻响起一阵热烈的掌声，50名同学都不约而同地鼓起了掌，我看到许多同学的眼里都噙着泪花，霎时，我的眼睛也模糊了。我知道那掌声不仅是学生们对我的宽容和谅解，更是对我敢于向他们承认错误的赞许，也是对我的鼓励。

王兵激动地走到教室的前排，向着我再向着同学深深地鞠了一躬：“我向老师，向同学们道歉，请大家看我今后的行动吧。”

王兵在后来的两年多里，真的没再惹过一次“祸”，高考时还以不错的成绩考上了师专体育系。

选 择

拿着中国人民大学发来的研究生录取通知书，他的双手微微有些发抖，他不禁想起了十八年前的那个夜晚。

肖群在床上辗转反侧，一直无法入睡，脑子里反复在想着两个学校的校名：重点高中，中等师范。早上起来，就要作出决定了，要把表填好交到班主任汪老师的手中。

那天下午，老师把中考报考志愿表发下来了，并且特意提前了一节课放学，让同学们回到家里征求父母的意见，把表填好。

临回家前，汪老师特意把肖群叫到办公室："肖群，你自己有什么打算？是报考省重点中学还是报考师范？你是全年级第一名，正常发挥的话，无论考哪所学校都是没问题的。老师觉得你还是报考省重点高中算了，现在多吃点苦，将来不后悔呀，再说，将来大学毕业了，你的舞台空间也更大。"

肖群想了想，只说了句："老师，我想回家听听我爸我妈他们的看法。"

"好，你就回家听听他们的想法吧，一定要仔细考虑了。到时后悔可就没药吃了。"

回到家里，时间还早，父亲还在田里干活。肖群问清了父亲在做什么，到房里拿了把四齿耙就赶到田里。父亲看他过来了，非常高兴，一脸的笑容："群伢，今天怎么有空回来？"他知道儿子在中途从来不回家的，带的菜吃光了，他也不会因此而耽误学习，宁愿不要菜吃白饭。

"要报考填志愿了，老师安排我们回来征求大人的意见。"肖群一边回答，一边扎起裤管准备下田。

“你不用下来，我都快收工回家了。”

肖群说：“不要紧，帮一阵就一阵。”

肖群把去年冬天铲到水田里靠田堪下面的草用四齿耙一搭一搭地弄出来。因为个子矮，力气小，溅得脸上、衣服上到处都是泥水，活像一只泥猴子。

“群伢，走吧，收工回家了。”父亲走过来，从肖群手里取过四齿耙三下两下把剩下的一点草弄好了。

肖群知道，今天父亲是特意收了个早工，要是往常都要坚持到天色断黑了才回家的。

“群伢，你自己心里有什么想法？”回到家里，父亲看了看志愿表问。

肖群很想报考省重点高中，他知道那样的话，三年之后自己考个重点大学不成问题。如果报考师范，三年之后参加工作，可能与大学校园就从此无缘了。但是，如果报考重点高中，不要说今后大学三年的费用，就是高中三年的费用，家里也可能无法负担。而报考师范学校，学校可以负担大部分生活费用，自己只要出少量的书费就行了。

肖群没有说话，父亲一眼就看出了儿子眼里的为难。

“群伢，报重点高中吧。”父亲想了想。

母亲在一旁没有吱声，皱着眉头，看看儿子，看看丈夫，叹了一声气。

肖群心里很感动，他知道父亲和母亲一向很支持自己读书，但是，就是自己这个学期的六十多块钱学费，也是父亲到姑姑家借来的。母亲的肾炎已经十多年了，从自己记事起，母亲就一直在服药。早几年，爷爷又中风瘫痪在床，一个家里，两个病人，姐姐早已嫁人，家里的经济条件也不好，一个弟弟两个妹妹还在读书。能让自己读完初中，父亲已经是花了大力气了。如果自己读高中，那么不仅弟弟妹妹们将失去上学的机会，而且家里的经济将更加困难，可能母亲的病也不得不停止治疗。

“爸，我决定报考师范，听前几届的同学们说，师范的内容有好些是与高中相同的，只要我自己愿学，到哪都一样。再说，毕业之后，我可以一边参加工作，一边再考大学嘛。”

“群伢，你是第一名，老师也说，你很有前途，将来读个重点大学是没问题的。你先想清楚了，明天早上再说吧，报考是个关键啊！”

早上，肖群起来时，父亲早已在禾场上等他了：“群伢，昨晚我想了一下，你必须报考重点高中，你放心，爸爸妈妈无论如何也得把你送进大学。”

“爸，我决定了，你看，昨天晚上我填好了，我报考师范。你放心，我到师范去了之后也会努力的，今后一样的考大学，考研究生。”

“群伢……”

“爸，我已经填好表了。我赶到学校上课去了，爸，你放心，我一定好好考的，考上师范，早点参加工作，减轻你的负担。”

父亲伸手往眼睛里抹了一下，竟然全是泪水。

七彩的朝阳里，一个小小少年，充满着朝气，沿着那条弯弯曲曲的小路，向山外走去。

企业家武大郎

武松出任都头之后，阳谷县的老百姓就再也没有见过武大的烧饼挑子，每日里也听不到武大沿街叫卖烧饼的声音。本来，武大是想接着干下去，过去兄弟在外头自己在家受尽欺侮都过来了，如今做兄弟的回来当了官，应该没人欺负了。可武松却说：“哥哥，你去卖烧饼，我这做弟弟的脸往哪儿搁呀？要干也得干点别的。”

半年之后，“金莲娱乐休闲中心”就开张了，中心二楼是餐饮部，可承办酒席和接待单位来客；三楼是住宿部，有高中低档的各种房间供不同层次的消费人员住宿；四楼是休闲娱乐中心，包括歌厅洗头按摩各种服务；五楼是扑克麻将馆，主要供人们在这里玩牌赌博。用一些人的话说，只要有钱，进去了之后，完全可以不出来，比在家里还舒服，想玩啥就有啥。中心用武大之妻潘金莲的名字做招牌，加上三十多名来自全国各地的风尘佳丽，吸引了不少客人，每日里欢声笑语车水马龙。

每到晚上，武大数着白花花的银子，乐得合不拢嘴：“想不到我一个卖烧饼的也能发上这样的大财。”

潘金莲笑道：“这一切还不全赖你那兄弟当了都头。”

东门口有几个痞子，过去常常白拿武大的烧饼吃白吃，一日，来到休闲中心吃饭，吃完后服务生去请他们结账，谁知他们不但不给，反而用酒瓶子在服务生头上敲了一下，把一个服务生打得头破血流。武大走过去，还没开口说话，就被一个痞子一拳打在眼睛上，打得眼冒金星，一会儿就青了一块，武大眼睁睁地看着他们扬长而去，半日不敢作声。还是潘金莲脑子转得快，赶紧带了武大到西门庆那儿上了药。说来也怪，第二天晚上，那个打人的痞子就被人砍下了一只手，第三天一大早，就有人把那天的餐费和武大的药费给送来了。

南门帮的几个天不怕地不怕的混混，到赌场闹事打翻了桌凳，拆了几张麻将桌，武大也没敢吱声，等他们走后才让恽哥去给武松送了信。第二天，那几个混混就被投进了大牢，罚了个倾家荡产。这一来，大家都知道武大的厉害，再也没有人敢到“金莲娱乐休闲中心”惹是生非了。为了加强安全保卫，武大高薪聘请了十名保安组成了保安处，由著名武术家、民营企业家、西门药业集团总经理、武大的拜把子弟兄西门庆先生出任业余教练。

这一来，武大的威风已远非昔日可比，街上的人们见了他都纷纷叫他“武总”，那些过去常常欺侮他的人见了他都一脸的献媚讨好的笑。据说有一日，武大带了几个保安在街上散步，一条小花狗一不小心被武大走路时裤管上的风扫了一下，竟然立即倒毙在地，后经有心人验证，才知是头骨碎裂致死，可见威风非同一般。

“金莲娱乐休闲中心”集吃喝嫖赌为一体，在社会上的反响十分强烈，群众也多次举报该中心的不法经营行为。

阳谷县“扫黄打非办公室”组织过好几次突击检查，但每一次都无功而返，就是几次大型的联合行动也没有发现什么问题。

阳谷县的捕快也进行过几次突击检查，也从未发现问题。

短短五年时间，武大就成了县里有名的企业家，除了休闲中心之外，还开有三个小煤矿、一个酒厂，经营了一家商城。同时他也是阳谷县有名的慈善家，很多公益性事业都有他的捐款。

那年五月，煤矿由于存在安全隐患，发生透水事故，死亡六人，但由于在事先签订了生死合同，处理的时候，也采取了低调处理，家属们领到三万多元钱后都没有什么太大的反应，也没有上访的行为，因此，武大也没有受到什么影响。

前不久，商城保安因怀疑一名顾客偷窃物品，对他进行了强行搜身并进行了殴打。商城因此被告上法庭，但最后原告迫于多方面的压力被迫接受庭外调解，接受几千元赔偿了事。

据说，县里的纳税大户民营企业家武大还将被吸收到一个什么领导性机构，并将在那里担任一个比较重要的职务。

让你的目光有位置

回家时，他们只买到硬座车厢的车票。“好在不远，就三个小时的路程，一会儿就到了。”蓝艳看了方程一眼，说。

“是啊，也许我们运气好，能找到座位呢。”他笑笑。

他们是宜春的老师，一个来自二中，一个来自六中，刚刚在这次教学研讨会上认识。

上车后，他们才发现，这一趟车特别挤，过道上都站满了人，下脚的地方都没有。只好到接头处找个位子小心地站着。好不容易挨到丰城，终于过道里有人下车了，这时，他们找到了一个站的位子，靠车门的地方，两个人面对面地站着，动也不能动。

“终于有一个站着舒服点的地方了。”他心里感到一阵轻松，对着她笑了一下。

她也笑了一下：“是啊!”

猛然间，他感到非常不自在，面对面地站着，是那样的近，如果不是过道上太嘈杂，他们一定可以听到彼此的呼吸。

让方程感到不自在的，不是站得近，而是因为蓝艳穿的是一件低胸的内衣，她的身材刚好比方程低一点点，方程的目光只要向前看，蓝艳雪白的乳沟就在方程的眼皮底下。那两只小兔欲露还藏地躲在里面，一动一动的。

方程一下子感觉到自己的目光没有了合适的位置，不好往哪里放，只好一会儿侧向左边看着车窗外边的风景，脖子发酸时再侧上右边看着过道上密密麻麻的人，实在太累了时再抬起头来，看着车顶。

还没过樟树，他就感到脖子已经有些吃不消了。偶尔向前看一下，就看到了蓝艳的前胸，他就赶紧把目光移开。

方程盼着到樟树能快点找个座位坐下来，现在不仅脚上站得发麻，脖子也十分难受。

可是，樟树不仅没有下去多少人，反而上来了不少。过道上更加挤了。

蓝艳见他一边聊天，一边不断地转动着脑袋，就问方程："你怎么了？是不是不舒服？"

方程一听，更加紧张了："不，没有，没有。"

"那你怎么总在转脑袋啊？"

"啊，昨天晚上没有睡好，可能是落枕了。"说话间，方程的眼睛往前看了一下，又慌乱地移走了。

蓝艳仿佛感觉到了什么，她低下头向自己的胸前看了一眼，霎时，什么都明白了，她心里感觉到一种温暖。

方程总在思考着怎么来解决这个问题，可是，一直没有得到解决，在新余站，他想让蓝艳跟旁边一个人换一个位置，让蓝艳站到自己的旁边，那样自己的目光就有一个最好的位置，不会让脖子这么难受了。

转眼间，他又否定了这个想法，那样一来，就是一个陌生的男子站到蓝艳的对面了，要是那人是个色狼，总盯着蓝艳的胸前看呢，蓝艳岂不是不自在了？

方程看了看蓝艳旁边那个男子，一个小胡子，眼珠子转来转去，心说，不像个正经人，这位子万万换不得，还是自己吃点苦吧。

蓝艳看着方程不断地转动着脖子，隔一会儿又晃晃脑袋，知道他特别难受。

心说，实在难受，你就该往哪里看就往哪里看吧，反正不是故意的，我不怪你。想到这里，她的脸红了一下。

下车后，方程第一件事就是把行李放下，站在地上用力的转动着脑袋："唉哟，难受死了，真的难受死了。"

蓝艳嗔怪地看了他一眼："谁叫你难受了，这可是自找的。"

"自找的？"方程瞪大了眼睛，看着蓝艳，心说，要不是因为你，我的脖子才不会这么难受呢。

蓝艳笑着拉了他一把："走吧，我知道你的脖子难受，谢谢你还不行吗？你是个大好人，我请你吃晚饭，再不吃肚子又难受了。"

第二天，方程正在备课，忽然接到蓝艳打来的电话："方程，你的脖子好点了吗？"

方程很高兴："好了，早好了，昨天晚上在家里睡了一觉，今天早上起来就没事了。"

"呵呵，好了就好。有空来我们六中玩。"

"谢谢你！蓝艳。你有空也来我们二中玩啊。"

两人的话明显多了起来，一个多月后，干脆谈起了恋爱，不是这个到二中，就是那个到六中。

结婚的那天，方程拥着蓝艳说："要是早知道今天这么一个结果，我在火车上就不用那么难过了，干脆把目光放下来得了。"

蓝艳娇柔地靠在方程的怀里："我跟你结婚，不就是给你的目光找一个位置吗？"

“四好”主任

俞主任是一个不算很大，但也确确实实不能算小的官。他经常到县里转一转，走一走，听听下级机关的汇报，指导指导工作。

县里的人都知道，俞主任有“三好”：麻将打得好，歌唱得好，舞跳得好，很多人都称他为“三好”主任。

俞主任下基层检查或指导工作，往往三言两语，言简意赅，几分钟、十几分钟就把工作搞定。然后，坐着，眼睛看着被检查或被指导单位的领导，慢慢端起茶杯，猛喝一口，像下决心似的，将茶杯迅速放下，再站起身向外走去。“走吧。”

老搞接待的人都知道俞主任的“走吧”是省略语，不是说工作完了要离开，而是“走，到宾馆去开个房间玩麻将吧”的意思。

我当办公室主任第一次接待俞主任时就闹了个笑话，记得当时他也是说“走吧”我以为他是看时间还早要回市里去，就说：“俞主任您走好!”弄得和他同来的几个人像见了外星人那样看着我，单位的几个同事也在一旁偷偷地笑，一旁的领导赶紧把我叫了出去，告诉我俞主任“走吧”的意思。

到了宾馆，开好房间，俞主任就迫不及待地挑了个位子坐下，其余的人往往要推让一番。这时，俞主任就会说：“同志们哪，革命工作不是请客吃饭，哪来的这么多斯文呢？抓紧时间干吧。”

俞主任的麻将玩得好，这是有口皆碑的，凡是陪过俞主任的人都有这种感觉，哪一家出过什么牌他记得一点不差，哪一家要什么牌他也估算得八九不离十，因此，他很少放炮或只放小炮，每一次都是大获全胜。“这叫知己知彼，百战百胜。”俞主任说。本县曾有一位职业麻将手不信这个邪，在与俞主任连续挑战了一天一夜之后，不得不连声说："佩服""佩服"。

俞主任的歌声雄霸本市，因为他走到哪里，那里的业余歌手听了他的歌声后就再也不好意思唱了，一下子都变成了听众，满脸羡慕的样子。有一次，俞主任在"情深深 OK 厅"唱《纤夫的爱》时，不想外面突然间涌进来许多年轻的小伙子和漂亮姑娘，弄得歌厅的老板莫名其妙，以为发生了什么事，一问，才知道那些少男少女是小县城的追星族，听到俞主任的歌声以为是尹相杰来到了，争着挤进来想要一睹明星的风采，有好些人还赶到对面的文具店里买好纪录本，准备要"尹大明星"签名呢。

俞主任的长相一般，矮个、大肚、小脑袋，走在路上，侧面望过去，有点像个企鹅，但俞主任充分克服了这些缺点，把舞跳到了几近专业的水平。去年，俞主任到县里检查工作，恰好碰到举行交谊舞大赛，作为特邀嘉宾，俞主任在大赛上一展了风采，最后俞主任一举夺得了一等奖。市里的一位舞蹈家说："要不是身材有些不足，俞主任就是参加全国的大赛也可以拿奖的。"

也有人把"三好"念作"三好（音号）"余主任曾辩证地阐述过"好"和"好"的关系："因为好（音号），所以就好；因为好，所以就更好（音号）。越好（音号）越好，越好越好（音号）。"有人曾开玩笑说："俞主任，学业校里评'三好'学生，要是机关里评'三好'干部，肯定非你莫属。"每当听到这话时，俞主任就自豪地笑笑。

一次，俞主任与一位姑娘在唱歌跳舞之后，不知怎么地跳到了床上，一直到回到外面喝茶时姑娘还挤眉弄眼地直夸他"真棒"，称他是"四好"主任。不巧的是，他们忘形的神态和隐晦的谈话恰恰被旁边一位暗访的晚报记者捕捉到了，摄了像，录了音，几天后，报纸上就披露了他们的照片，文章标题为《"四好"主任什么"真棒"?》，把四好主任弄得狼狈不堪，最后只好辞职。

幸福着你的幸福

下班回到家里，打开电脑，江宏查了一下邮箱，发现有一封未读邮件，发件人是恋人陈玫，于是心情激动地赶快打开，却发现这是一张精心制作的请柬，邀请他国庆节到陈玫所在的滨城参加她的婚礼。江宏的心霎时好像被一只无形的手抓了一下，痛极了。他仿佛看到了那张曾经拥有的如花的笑脸，正被另一个人拥在怀里。他无法想象在时间面前曾经的海誓山盟怎么会这么的不堪一击。才分别一年啊，一年当中他们电话、邮件从来没有间断过，只是见面的机会比过去少了，不像在学校时那样朝朝暮暮卿卿我我厮守在一起。

江宏的情绪低落到了极点，他感觉自己像是一只正在空中飞翔的风筝突然间断了线一样，失去了控制，无法把握自己的方向，不知自己该飞向哪里，飞往何方。痛苦的日子就这种样一天天在煎熬中度过。江宏曾记得自己说过：“无论何时我都尊重你的选择，只要你过得幸福，过得快乐。”想不到现在真的是这样了。

国庆节，江宏来到了滨城，他要为自己的心上人送上一份祝福，在出发前，他给陈玫发了封电子邮件：“你的幸福就是我的幸福，你的快乐就是我的快乐，衷心祝福你！爱你的江宏。”

来到陈玫所在的地方，江宏没有看到想象中的那种喜庆场面，也没有看到新郎，只看到陈玫一个人孤独地在宿舍里，两眼有些失神。

江宏有些吃惊：“你们今天不是……”

“是呀，只不过是他今天因为单位有急事到北京出差去了，所以我们早两天去登记了，婚礼推迟到下个月。”

“那你该告诉我一声啊。”

“我不想告诉你，我想按时看到你给我带来的祝福。无论你带了什么来，我都想你给我送一束花，你现在能去给我买一束花吗？”

江宏立即去给陈玫买了一束玫瑰花回来，花束里有一张卡片：“无论何时，我都幸福着你的幸福，快乐着你的快乐。”

看到江宏的鲜花和卡片，陈玫的眼睛亮了起来，脸上显现出兴奋和激动的样子，一会儿就宛若一只欢快的小鸟。江宏的心情也一下子明朗了起来，为了所爱的人，牺牲自己的爱，也许这也是另一种爱的方式吧。

从滨城回到家里，江宏的心态迅速调整了过来，他给陈玫发的邮件少了，有时发了也就是一些日常的问候，他知道已经不能像过去那样发那些充满爱意的信件了。陈玫仍然天天给他发来电子邮件，只不过内容和过去有些不同，大都是些新婚的喜庆和一些家庭琐事，没有了过去的卿卿我我和甜言蜜语。两周后，江宏就从陈玫的邮件里感受到了一丝淡淡的忧伤，但是陈玫又没有说明，只是在字里行间给人一种感觉而已，而且不熟悉的人根本无法感觉得到。

“你那边是不是发生了什么不开心的事啊？”

“没有啊，我好好的，没有什么让我不开心的事，谢谢你的关心！想不到有负于你，你还能这么关心我。”

“你的幸福就是我的幸福，不是有一句歌词叫做‘幸福着你的幸福’吗？”

这时，江宏看到陈玫发过来一个图片，图片上是一个感动得流泪的女孩。

几天后，江宏收到陈玫发来的一个邮件：“我出了意外，现在正在医院，你能过来看看我吗？”

当天下午，江宏就请假赶到了滨城，电话里陈玫却要他到她的住的地方去。

“你不是在医院住院吗？”江宏有些不解。

“你先到我住的地方来，我姐姐在那儿等你。”

江宏赶到她的房间时，门轻轻地虚掩着，轻轻一推就打开了，只看到陈玫一个人静静地躺在床上，哪里有她姐姐的影子。

“出了什么事啊？”江宏非常焦急地问。

陈玫镇静地笑了笑，“没什么，就是出了点车祸，把腿……”

“是不是把腿给撞伤了？现在恢复得怎么样了？”

陈玫苦笑了一下：“也别指望什么恢复不恢复的了，以后就这样吧。”

“断了？”江宏大吃一惊，“怎么会是这样，你为什么不早说呀？”

江宏起身正要出门去，“宏，你别急，听我把话说完。”听得这一声情真意切的“宏”江宏赶紧背过身去，眼泪差一点就掉了下来，想不到活泼可爱的陈玫现在成了这样，今后就要靠拐棍过日子了。

突然间，他感觉到有人在背后拍了自己的肩膀一下，转过身去一看，只见陈玫好好的站在了面前。

“你！”

“不错，我是出了车祸，只不过是腿上擦破了点皮，另外有点肌肉损伤而已，这两天在家休息。”

江宏忘情一把将陈玫抱了起来：“太好了，太好了，你可真是吓死我了。”

“快把我放下，你的手都把我勒痛了。”

这时江宏才意识到刚才一时之间自己的失态，人家已经是有夫之妇了。“对不起，我刚才……”

这时陈玫又紧紧地抱住了江宏的腰，把头轻轻地偎在他的胸前：“宏，我们结婚吧。”

江宏心里既惊且喜：“你不是已经……”

“傻瓜，上次我是跟你开玩笑的，想不到你当真了，真的，我觉得自己的玩笑有些过分了，但是当我看到你的‘幸福着你的幸福’时我真的很开心，觉得很幸福，想不到你也‘伤心着我的伤心’，我爱你。下个月我们结婚吧。”

“从今以后，你的幸福就是我的幸福，你的伤痛就是我的伤痛。”

微笑把你留在了我心中

汤姆是一个孤独的旅行者。

他一个人独自在双桥的小街上走着，一边走一边看，此行他没有带随行的翻译，异域的风土人情使他倍感新鲜，在一个商店里他看到一个乡下人手工制作的玩具，觉得很有意思，想要营业员把它拿出来看看。他知道自己说英语，这里的人听不懂，所以就打着手势，然而，正常人用手势交流是一件很困难的事。半天营业员也没有弄懂他是什么意思。好不容易弄明白了，拿出来交给他，汤姆拿在手里却无法与人交流，最终什么也不知道。

来到这个乡村的一个手工艺制作坊里时，看到一群人正在制作各种各样的工艺品，制作各式各样的玩具，工艺非常好，一件件堪称艺术精品。汤姆后悔了，他后悔此行没有带翻译过来，失去了与这里的人交流的好机会，他用英语问了几句，却没有一个人听得懂，一个个都瞪大了眼睛莫名其妙地看着他。

无奈，汤姆笑着摇摇头走了出去，出门时碰见一个女孩子走了过来，很亲切地送给他一个灿烂的微笑。

小镇不大，总共只有两条街道，一新一旧，一热闹一冷清。

汤姆从新街一转就来到了老街，在那里汤姆更感受到了一种民族文化气息，明清时的古店铺保存得依然完好，墙体上面的招牌也还依稀存在，只是有些驳落。这使得汤姆这个文化旅行者倍感兴趣，想做一些了解。

可是，他只会说："你好！谢谢！"这些简单日常用语，对这里的历史文化无法做更多的沟通。

这时，汤姆又见到了那个女孩子，他微笑着打了个招呼，“哈啰”。

意外地，他听到她也亲切地回答了一句，“哈啰”。

汤姆瞪着眼睛，吃惊的看着那个女孩子，心里一阵惊喜，原来她就会说英语。

汤姆了解到，她是本地人，师范大学英语系毕业，正在镇里的中学实习。

“那太好了，我正要找一名翻译，不知你可不可以这两天陪同我到你们这里各个地方走走，看看，我对你们这里的文化很感兴趣。”

“行，这两天我正好休息，如果您需要的话，我们从现在开始好吗？”

小镇里的人，从来没有看过一个白皮肤蓝眼睛的外国人在那里待这么长时间，每天都有人跟着看动物园里的动物一样观赏他。

“我像是动物园里的怪物吗？”汤姆问她。

“不像，他们是因为新鲜和好奇，并不是因为你像什么。”她还是一个浅浅的笑容。

两天后，汤姆离开双桥，说是准备回国。

时间仿佛要让他们这一段简短的相遇在记忆中淡出一样，这里再也没有半点这两个远隔重洋的陌生人曾经在这里相遇的痕迹。

不经意地，那天，她意外地接到一个电话。

“哈啰。”

一听声音，她就知道是汤姆了，所有沉睡在记忆深处的东西在大洋彼岸的那个声音传来时得到复苏，瞬间激活。

“哈啰。”

莫名地，她心里一阵激动，仿佛远方是一位久违了的老朋友似的，禁不住问：“路上好吗？”

汤姆说：“路上很顺利，刚到，回来就打你的电话了，现在是深夜。”

她说：“真的吗？谢谢你！”

“不，要说谢谢的是我，而不是你，在双桥镇是你给了我一个甜美的微笑，使我摆脱了难堪的困境。”汤姆说道。

“其实，与你接触的这两天，我也感受到了很多新的东西，比如说，你的人生观，你的价值观，你们思考问题的方式都给我一个全新的感觉。”

“我也一样，我觉得你跟一般的中国女大学生不同，特别是你的微笑给我留下了深刻的记忆，是我此次中国之行遇到的最美的笑容，是你的微笑把你留在了我的记忆里。”

“真的吗?”她心里感到非常高兴。

“真的。”这是我的心里话。

两年后，她移居大洋彼岸，成了一位美籍华人。

牌　子

省里突然下来一个通知，说是半个月之后要进行工作检查，检查方式是每个地级市查两个县，其中一个县由所在地市自己指定，另一个县由检查组随机抽，然后，每个县抽取一个乡，每个乡再查两个村。通知上说得很明白，如果检查不过关的，由县委书记到省里向领导说明情况。

通知上说是说明情况，其实大家心里都很清楚，这就是去作检查嘛。

书记看了，很快在通知上签了意见，请相关部门迅速组织人员，抓好落实，务必保证此次检查的过关，此次迎检工作，只许成功，不许失败。凡是工作出现失误的，县委将严肃追究失职人员的责任。

于是，单位上的人，除了几个留守人员外，其余人员全部下去，每人一个乡镇，13 个乡镇，安排了 13 个人，吃住在下面，负责督促这次检查的准备工作。单位的领导随时电话抽查，凡是抽查到的人员，必须用所在乡镇的固定电话回电。

同时，县里印制了一本临时的迎检资料，把省里的通知所规定的内容全部细化成一项一项的。规定要做展版，每个村有三块，要做制度，每个村有十二项。

制度很快做好了，张平负责的是文星乡。按照规定，他与乡里的负责人选了两个公路旁的村作为示范点。

那天，张平装好三块展版和十二块制度来到红旗村。

村支书老王一看这么多牌子，就愁着一张脸说：“张干部，你看，这放不下了。”

张平一看，果然，村办公楼前面的围墙上，满满的全是各种展版，组织线的，计生线的，武装线的，妇女工作的，计划生育的，共计十五块之多，简直就是一个展版展览地。

乡里的分管领导看看张平，又看看老王。

“老王，怎么办呢，想想办法。”

老王两手一摊：“这有什么办法呢？你看，这两块是乡组织员要弄的，党务公开栏和党员岗位责任表，都是要求在明显地方公示的；这个是乡里朱部长布置的武装工作展示，也是要在明显的地方，马上市里要检查武装工作了；这个是计划生育四项手术工作一览表，这个更取不得，是一票否决项目，直接影响到县里市里的排名问题；这个是县妇联直接布置下来的；这个是关于宗教的宣传栏，前天刚刚挂上去的……”

老王一一点过，十五块展版，每一块都能说出个道道来：“你们知道我花了多少钱么？这十五块，每块近300元，这里就四千多元。你们说哪一块不重要，那一块都有一个乡里的领导出面来挂，都是要经过上级检查的。”

大家再往里走，整个办公楼，上下两层，所有的墙上，几乎全都挂满了展版或者制度。进门的左边是“村务公开栏”，右边是学习宣传栏，都是大块的彩色喷绘。

走廊的墙上，也布满了展版。

张平再看看室内，村务公开制度、财务管理制度、农民夜校学习制度、妇女学习制度、党费收缴制度等等，一共四十多块，门牌上，最多的一间房子，有八块门牌，民兵之家、农民夜校、服务中心等，应有尽有。

张平想不到会有这么多的制度，嘴巴变成了一个“O”。

老王说：“张委员，你看，这两块制度哪里都放不下了。真没地方放了，你看，就是两块制度都没地方挤了。”

张平于是一个电话打回去给领导汇报，请示能不能换一个村作为示范。

领导语气非常坚决，只两个字：“不行。”

张平苦着一张脸走到老王面前：“不行，老王，你想什么法子也得把这些东西放下去，并且要在好看的位置。”

老王说：“你看怎么放嘛？”

张平有点生气："别人的都能放下，就我这个工作不能放下，老王，你是不是欺负我这个人没用啊？"

老王也有点生气："张委员，你看我这是欺负你吗？你说说让我怎么放下去？"

"这个我不管，反正你得把这些展版和制度全都挂上去，检查一定得来你这里。"

"来这里我也没办法。"老王的倔脾气也上来了。

"这可是一把手工程，你得对县委负责。"张平一听非常生气。

"我只知道放不下了，我这花了一万多块钱，全是在这儿当摆设。今年光接待你们这些各级检查就不下二十次，每次得准备好几天。我村里的工作都没法做了，你来当这个支书吧。"

两个人说着就吵起来了。

张平说："你要是敢不装，我就让乡里把你这个支书免了。"

老王把手里的烟头狠狠地往地上一扔："我还不想干了呢。"

两人不欢而散。

乡党委书记吴良正，听说后，下午亲自赶到村里，进行协调，看看那些展版，也都是刚刚弄上去不久的，并且都是近来就要进行检查的，撤了哪一家的，哪一家都不能答应。哪一项你都不能说不重要，否则人家不会答应的。

想来想去，他也没办法。

老王在一旁自言自语道："要是这墙能多一面就好。"

吴正良听了，两手一拍："老王，为了搞好这次迎检工作，你们马上去做一个专栏，要用不锈钢架焊的，做得漂亮些，有品位一些。三个栏每个一点五米高，三米宽，三个展版就刚好放下去，栏脚高一米二左右吧。正面放展版，背面做成制度墙。把这十二项制度全部弄上去。"

"吴书记，制度牌子早做好了。放不下去啊。"

"做好了的给其他村，你这里的到广告公司重新排版，重新喷绘。不就是几百元钱么？"

然后，吴书记选好位置，指定就在进门左侧，离围墙约两米的地方建一个展版专栏。

“吴书记，这得好几千块钱呢？”

吴正良拍拍老王的肩：“老王啊，你也是老支书了，困难总会有的，但这是工作嘛，为了工作，花点钱算什么？你一定有办法解决的，好，就这么定了，明天我再来看看。”

然后，他回头看了一眼张平：“小张啊，做工作得想点办法，要知道，办法总比困难多嘛。”

朱小三的爱情

朱小三在大学里常说的一句话是“找一个爱你的做妻子，找一个你爱的做情人”，认为这才是一个男人完整的人生世界，缺少任何一半都是不足的。

参加工作不久，朱小三就找到了他的一半，和一个爱他的人走进了婚姻的殿堂。妻子李娟是市人民医院的护士，与他非常相配，两个人要才有才，要貌有貌，真可谓是天造地设的一双。李娟太爱朱小三了，朱小三就像是她手中的一个宝贝，生怕一不小心就把他给弄丢了，或者是让别的女人给抢了。

她就像是朱小三的影子，随时随地朱小三都能感觉到她的存在，他几乎没有一点点自由的空间，工作之余的应酬大部分她都在身边，除了每天查看朱小三的手机通话纪录，每月底还要打出一张话费单，发现有不熟悉的号码就要追问到底。有一回朱小三在街上碰到一个中学时的女同学，刚好顺路，两个人就沿街走了一段，恰好被李娟碰到，李娟走上去二话没说就打了那女同学两巴掌，骂了句“狐狸精”，拉起朱小三就走了，打得朱小三那女同学半天还没回过神来。回到家里两人大闹了一场，后来，还闹得分居了半个多月。这可苦了朱小三，他不仅没有机会找到“他爱的”那另一半，就是这一半也使他烦恼不已，夫妻之间常常为了一些莫名其妙的事吵架，朱小三明白，李娟的确是爱他的，可是这种爱让他实在受不了。于是，他们在爱的小路上同行了不到三年就分道扬镳了。

离婚后的朱小三很快就碰上了一个他所爱的人，市交警大队的干警张岚，这个女人比之前李娟的热情不同的是她让人的感觉很冷，但她漂亮，比李娟还要漂亮，追她的人在后面排成串，朱小三是在一次到交警大队办事时认识了她，当天就加入了追求者的行列。

每天一枝玫瑰，每天早晚各一条短信，加上他自己本身的优势，半年后，张岚就和朱小三牵手走到了一起，以至人们都妒忌他：“他娘的，这桃花运全让朱小三给交了。”

第二次婚姻使朱小三感觉到了和第一次婚姻的截然不同，他的自由空间更大了，张岚从不过问他和谁在一起，也从不问他和谁打电话，使他感到了前所未有的轻松。尽管自己下班后常常得回来弄饭，家里的东西张岚也从不收拾，家里的大大小小的家务也都是朱小三做。从单位下班回来就开始在家里上班，张岚要么是回来把脚往茶几上一搁，拿起遥控器，打开电视看连续剧，直到朱小三把菜炒好，把饭盛好，才离开电视。要么就干脆在外面吃快餐。

有一回朱小三实在忙得不行了，就叫了张岚一句：“张岚，过来帮帮忙。”

“你不见我正看电视吗？”张岚很不高兴的说了一句就再也不理他了。晚上，朱小三随便说了两句，张岚就说：“怎么了，看不惯了，那就分手吧。”一句话把朱小三噎得直翻白眼。

但朱小三觉得和自由比起来这些都算不上什么。“若为自由故，什么都可抛，”人们笑他是“模范丈夫”的时候，他是这样回答的。

然而，朱小三错就错在不该把一个并不怎么爱他的人娶来做妻子，按他的理论，张岚是只能做情人的，可他却因为她的漂亮，让她做了老婆。

张岚并不爱他，她的心里爱着的是大学时期的恋人，后来，张岚买了一台电脑，她的QQ好友里面只有一个人，每天下班后，电视也不看了，一头扎进房间里打开电脑聊天。朱小三连她的电脑也不许碰，一碰她就大发雷霆。

大概结婚也是两年吧，张岚就经常出差到外面了，常常是一两天不回家，每次回来，她的心情都要好上几天，人也分外地显得精神，容光焕发。但是几天后，心情就又坏了，心情一坏就拿朱小三出气，周而复始，把朱小三弄得焦头烂额。

好心的朋友提醒朱小三，你老婆在外有了情人，开始，朱小三不信，大骂他的朋友胡说八道，到后来，他自己也察觉了，想和张岚好好地谈一谈，不料一张口，张岚就承认了："没错，是这样，他是我大学时的恋人，尽管他娶了别人，但我仍然爱他，你要觉得委屈，你想怎么就怎么，真的，你打我也是应该的。"

"这不怪你，只怪我自己。"朱小三狠狠地搧了自己一个嘴巴。

第二天，两个人就客客气气地把离婚手续办了。

迎检代理公司招聘启事

自去年迎检代理公司成立以来，为我市各部门、各单位代理了大量的迎检工作，得到了一致好评。一年来，公司共计为我市100多个正科级部门和企事业单位迎回部门、行业评比第一名888个，帮助取得部门、行业先进999个，几乎囊括了所有检查评比项目的全部第一，迎检成绩斐然。这一成绩的取得，为我公司赢得了良好的信誉，得到了众多部门、企事业单位的信赖，使公司的业务量剧增。当前，冬季即将来临，检查的高潮正在酝酿，公司现有的规模远远不能满足日益增多的检查工作的要求，也无法满足客户不断增多的要求。

为了进一步做好迎检代理，为我市的部门和单位夺得更多的第一，赢得更多的先进，使各部门各单位在今年的迎检工作和考评中再创佳绩，再创新高，我公司拟扩大规模，经公司董事会研究决定，即日起再招聘员工100名，具体要求如下：

一、项目策划部10名

35周岁以下，第一学历为研究生，男女不限。应聘者对各行各业的检查有充分的了解，能在短时间内对单位或者部门的某项迎检工作进行全面策划，并做出迎检策划方案，策划方案要求有可行性、可操作性强，同时有创新意识，能让检查者在检查过程中感到耳目一新。有5年以上迎检经历者优先。

二、文字材料部15名

35岁以下，第一学历为研究生，男女不限。有扎实的文学功底和较强的文字表达能力，善于写八股文，善于运用套话、空话、大话，同时在文字材料中能结合部门和单位实际敢想、敢写、敢吹。在全国文学大赛中获奖者和省级以上作协会员可优先。

三、迎宾礼仪部16名

28岁以下，第一学历为大学本科，其中男2名（身高1.7米以上），女14名（身高1.6米以上）。相貌出众，笑容可掬，目光柔和。仪态端庄型、小巧玲珑型、风情万种型、落落大方型、举止妖艳型均可。

四、麻将扑克部20名

30岁以下，第一学历为大学本科，其中男12名，女8名。对麻将扑克有着深刻的研究，全国各地的麻将扑克玩法烂熟于心。并且能运用各种技术取得检查组人员（特别是领导）的欢心，善于察言观色，输赢控制自如，该赢的时候赢，该输的时候输。

五、陪同聊天部10名

32岁以下，第一学历为大学本科，其中男6名，女4名。知识广博，天南海北，古今中外，五湖四海，民情风俗，热门话题，无所不知，无所不晓，敢想敢吹而不露马脚。心理反应能力快，能迅速找准对方感兴趣的话题，两分钟之内即能与对方达到热乎状态。

六、陪同逛街部10名

30岁以下，第一学历为大学本科，其中男1名，女9名。口头表达能力强，能边走边聊，眼观六路耳听八方，目光锐利，找准对方最迫切的需求。特别是能准确把握掏钱包的时机，该掏的时候掏，不该掏的时候坚决不掏。以赢得逛街者的欢心为最大目的。

七、陪吃陪喝部15名

30岁以下，第一学历为大学本科，其中男10名，女5名。能适应国内外各种白酒、红酒、米酒，没有酒精过敏症和过敏历史。每餐酒量在1000克以上，不出洋相、不脸红、不心跳、不说胡话，更不能发酒疯。劝酒能力强，语言表达得体，以友好灌醉检查组人员，增进友谊为最大目的。

八、歌唱舞蹈部14名

28岁以下，第一学历为大学本科，其中男4名，女10名。能歌善舞，有比较突出的舞台表演能力，该表演时表演，该陪唱时陪唱，需跳舞时跳舞。思维敏锐，举止得体到客人高兴为止。

以上各项招聘均由本公司人事部负责，有意者请于11月18日18时之前前往公司8楼808室报名，报名时请带好身份证，学历证明，有关专业奖项及证书，所有证件需提交原件，复印件无效。通过网络或者电话报名者（网址:: http//www.yingjiandaili.com.cn，电话：088—666699888、666688899），请在三天之内带好相关资料及有关证件前往公司验证。

文化考试与专业测试时间另行通知。

本公司号称全国待遇第一公司，待遇之高由此可见。招聘工作严格按照公务员招聘的相关程序进行，做到绝对公平、公正、公开，确保招聘人员的精良，确保对每一位应聘者的公平。

特此启事。

子虚市迎检代理公司人事部

2180年11月10日

自 首

监狱门口远远地站着一个孩子，眼巴巴地望着监狱的大门，那一身衣服已经很脏很旧，而且破得有些不成样子，像是有很多日子没有换洗了。孩子每天都在这里，每天都是这副样子，孤零零一个人。除了中午离开一会儿之外，一天到晚都在这里徘徊，从来不跟人说话，有时呆呆地望着监狱的大门。

“这孩子来这已经有半个多月了，不像是附近人家的孩子。”狱警刘锋注意这个孩子已经好几天。原来从没有看到过这个孩子，他发现这孩子和附近的其他孩子不同。他只在监狱大门口玩，不停地向监狱大门口张望，即使走远一些的时候也不会脱离这里的视线范围。

这天，刘锋出门时特意走过去，近距离观察了一下这孩子，发现他的眼神里有一种特别的东西。像是一种渴盼，不像是那些普通的流浪孩子，也不像是一个弱智，但看他的样子又像是流浪了有一段时间。

“小朋友，过来。”他向他招了招手。

意想不到的是，这孩子不仅没有半点犹豫，反而很迅速地跑了过来，“叔叔，你叫我。”说话的口齿非常清楚，这是刘锋第一次听到他说话，一听口音就知道不是本地人。

“是啊，我叫你，你叫什么名字？为什么天天在这儿？”

“我叫张江，来这儿看我爸爸。”

“你爸爸，谁是你爸爸，他在哪儿工作啊？看他你怎么跑这儿来了？”

“我爸爸，我爸爸在，在，在这里面。”张江犹豫了半天才吞吞吐吐地说了出来。

“你爸爸在里面？”刘锋吃了一惊，用手指了指监狱大门。

张江突然“哇”的一声哭了起来，大颗大颗的泪珠顺着脸颊流了下来：“叔叔，我要看爸爸，我要看我爸爸。你让我看看他吧，让我看看他吧，我好想我爸爸，求求你了。”

“看爸爸怎么你一个人来啊？妈妈呢？”

“妈妈跟人家走了，她不管我了，家里就剩下我一个人。”

“你没有读书吗？”

“我读四年级的，可没人管我，我要去找我的爸爸，就这样走了。”

“你爸爸叫什么名字？”

“张大根。”

“张大根”，刘锋想起了这个人，这是一个抢劫犯，被判了八年有期徒刑。

“你是怎么过来的？张江。”刘锋的心里突然涌起一阵感动，他家里离监狱可是五百多公里的路程啊，这样一个孩子一个人。

“坐汽车，我只是听人们说过我爸爸在这个地方坐牢，但具体在哪里不知道，我就坐车到处找，到处问，先是到了省城，后来又走错了两个地方，第四次也就是第二十一天才找到这里，可是还是见不到我爸爸。”

“那你带了钱吗？”刘锋觉得自己的眼里已经有了泪水。

“我没有钱，坐车都是爬上去，有些好心人看我是个孩子就算了，但也有人看我是个叫花子，不让我坐车，有好几次都被人赶了下来，有一次我还被一个胖子踢了两脚。”

“那你每天吃什么，住哪里啊？”

“路上饿了就讨一点吃的，一路上都有好心人给我吃的，困了就睡在街上的角落里。到这里后，饿了就去要点吃的，吃了就到这里来等爸爸，我要等他出来。”

“可这么多天了，你还是没有等到他啊。”

“我天天在这等，一定要等到他出来，我要我爸爸。”

“你在这等一会儿，别走开。”刘锋转身走了进去。一会儿就开出了一辆警车，“张江，上车。”

到街上，刘锋给张江买了两身衣服，让他吃了一碗肉丝面，还买了一大包零食带了回来。

“你想读书吗?”

“想，可我要见我爸爸。”

“我送你到这附近的学校去读书好不?”

“不好，我要见我爸爸。”

“见爸爸不能这样去见啊，你爸爸要是知道你没有读书了，会伤心的。你答应我，先去读书，明天，叔叔安排你见一次你爸爸，行吗?”

“明天?真的，叔叔，你不会骗我吧?”张江的脸上显现出了一副激动的神情，“我们拉钩，不许耍赖。”

“好，拉钩，可你要好好读书。”

刘锋请示监狱领导同意，给张江安排了一个小房间，第二天，张江就被送到了附近的学校。下午，穿着校服，神采奕奕的张江见到了他的爸爸。

“爸爸，”只叫了一句，父子俩已经泪流满面，“爸爸，我想你。”张江呜呜大哭起来，张大根也泣不成声。

“孩子，爸爸对不住你啊。”

父子俩哽咽着把所有发生的事情都说了一遍。“孩子，要听刘叔叔他们的话。”

“爸爸，你也要听刘叔叔的话，早点出来，我在外面等你。”张江稚嫩的声音使张大根浑身一震。

“小江，你一定要听话，好好读书。”

“谢谢你。”张大根突然向刘锋跪了下去，“我要自首。”

“你要自首?”刘锋吃了一惊，“你不是已经在这儿了吗，怎么还要自首?”

“我还有个案子，我今天自首。”

五分钟后，张大根交代了一起三年前的杀人抢劫案。

三天后，两年前那起入室杀人抢劫案的所有犯罪嫌疑人全部被抓捕归案。

张大根因为在这起抢劫杀人案中情节轻微，且有重大立功表现，不仅这起案件被免予刑事处罚，还被获准减刑。

同样道理

小姜中专毕业后，分配到一所山区村小学教书，学校很小，只有三百多名学生，15 名老师，外加一名工友。

工友是个老人，每天早中晚三餐都到学校弄饭，食堂其实也很简单，在这里吃饭的就是五名外地老师，其余的本地老师都在家里做饭。

那时学校没有自来水，只在离校门口约 500 米的河沿挖了一口水井，用一个小型水泵抽水。

小姜常常看到工友老王提着桶子出去，一会儿又提着桶子回来。

早上，小姜还在床上，就常常听到王师傅一个人在操场上自言自语："怎么又抽不上来了？前天还好好的，怎么又抽不上来水呢？"

一会儿就听到王师傅提着个铁皮桶，咿咿哑哑地出了校门。

抽水的道理小姜懂得，但是他从来没有仔细去看过抽水，躺在床上的他就觉得奇怪，王师傅抽水怎么老是带个铁皮桶去呢？

一个星期六，小姜没事，正坐在走廊上看书晒太阳，就听到王师傅抱怨了一声，又抽不上来了。

接着王师傅提着那破铁皮桶走了出来，咿咿哑哑的。

"王师傅，上哪去？"

王师傅停下脚步，看了他一眼："去抽水房里，又抽不上来，等会儿大家都没水喝。"

"等等，我也一起去看看。"小姜的好奇心上来了，放下书本就跟着走了。

来到抽水房里，王师傅把一根水管用扳手拧开，然后到旁边装了一桶水灌进去，再接好，把墙上的开关打上去。轰隆隆一阵响，水抽上来了。

整个过程非常简单。几分钟就弄好了。

“王师傅，为什么要加水啊？”

“不加水就抽不上来。”王师傅并不懂得什么真空和压力的道理。

几次之后，小姜从中就悟出了一个做人的道理，“欲取先予”，想要有所收获，必须先有付出，世界上没有不劳而获。

一个简单的道理，却使小姜更加珍惜时间了，也更加勤奋了。很快在全乡的老师当中脱颖而出，成为业务上的骨干。

三年后的一天，偶然的一个机会，县建设局的张局长听到小姜从灌引水中悟出做人的道理时，很感兴趣，因为他手下正缺一个这样有悟性的人。心里暗暗留意了他。两个星期后，县里就来人征求小姜的意见，问小姜愿不愿意到机关工作。

“当然愿意了。”

小姜并不是不爱老师这个职业，他心里只是觉得山区小学这个平台太小了些。

几天后，小姜就到县建设局上班了，成了建设局办公室的一名工作人员。

他知道，自己学的是师范专业，对建筑行业非常陌生，所以每天坚持学习专业知识。很快又成为行家里手，几年之内就被提升到一个部门任负责人。

做项目，参加竞标，天天忙得不亦乐乎。

在外的几次竞标的失败，使小姜产生了怀疑，觉得里面有什么不正常。

这时一位经常在外参加各种项目竞标的人神秘地笑笑说：“姜总，钓鱼也得有鱼食啊，两手空空的，怎么能拿到项目呢？”

小姜恍然大悟。心里暗笑，自己多年前悟出的人生哲学，怎么在关键时刻忘了呢？

欲取先予。

要得到更多的钱，就要先付出一部分钱。

果然，他们的公司在各项竞标中频频得手，他又把这些项目发包给其他建筑商，那些人自然也懂得“欲取先予”的道理，每次找姜总时，都不忘带着包。

姜总这时已经不是那个小姜了，一般人想请他吃顿饭都很难，碰到以前的朋友也往往是不正眼瞧一下。

大家总有一种感觉，就是姜总的眼神发生了变化，不像原来的小姜那么谦虚、上进，变得自负、狂傲。

出事的那天是个雨天，姜总正在茶馆里与几位朋友喝茶，这时，几位检察人员走了进来，姜小平，我们是市检察院的，现在有几个事情，请你协助调查。

姜总的手抖了一下，然后，骄傲地笑了笑，起身，向他的朋友们打个招呼，各位等着，我很快回来的。

半年后，姜小平被判处有期徒刑 8 年。

在牢房里，他总在想，同样的欲取先予的道里，为什么就会造成不同的后果呢?

宽容让你如此美丽

朱伟常常对人们说他的妻子李芳“宽容让她变得如此美丽”。

李芳和朱伟两个人的婚姻一直是为小城的人所称道的，从结婚的那天起，就成了小城中耀眼的一对，无论是论才还是论貌，他们两个都是上上之选，后来他们两个通过打拼都事业有成，李芳现在是县教育局的局长，爱人朱伟则在上一次换届选举中从林业局局长的位子上被选为副县长。

他们两个人是大学同学，在学校时，朱伟是学生会主席，李芳是学习部的部长，虽不是同班，但在学生会的工作中，两个人常常在一起，不知不觉就擦出了爱情的火花，一切都很顺利，没有波折，没有激烈的竞争，毕业后，他们都回到了家乡工作，自然地牵手走进了婚姻的殿堂。

两个人工作都很忙，应酬很多，除了周末，几乎没有时间在一起吃饭、交流，每天晚上，两个人都是筋疲力尽地回来，差不多也就是睡觉了，夫妻间的功课有时也打不起精神来做，偶尔做做，也常常是草草了事。

李芳是上午临时接到通知去市里参加一个紧急会议的。朱伟昨天就去了市里，说是参加一个经贸洽谈会。在车上，李芳忽然想起，她和朱伟有好长一段时间没有坐在一起说说话了，功课也有一段时间没有做了。

下午的会议只有一个多小时就结束了，李芳想，去看看朱伟吧，如果有时间就明天回去，今晚在异乡异地，两人一起过过夫妻生活，为了能给他一个意外的惊喜，她就没有给他打电话，让司机直接把车开到朱伟他们开会的酒店门口，就让司机走开了，说有事再联系他。

李芳问清了朱伟所住的房间之后，就直接坐电梯到了18楼，走出电梯她就朝朱伟的1809号房间走去，这时他看到前面有一对恋人，正手挽着手走着。

走了没几步，李芳的心就陡地往下一沉，那个背影太像是朱伟了。

再仔细一看，没错就是朱伟，等他们走进房间时，李芳去看了看，没错，就是朱伟住的1809号房间。

朱伟在外有情人了。

李芳只觉得大脑“嗡”的一声，差点摔了一跤。她只觉得血往上涌，举起手来就擂向房门。就在她的手要落在门上的一刹那间，李芳又生生地把手收了回来。

会议刚刚结束，旁边的房间里住的都是各个县市前来开会的领导，如果这样一闹，朱伟将颜面无存，自己回去也马上就会成为一个笑话。

要么轻轻地敲门进去，也不好，那将是多么尴尬的场面。

可就这样走了，自己又不是那种能眼睁睁地看着老公和别的女人上床的人，如果不及时提醒他，也许他会越走越远，直到他们的婚姻走向死亡。

这时，李芳看到不远处的走廊上有个电话，就走了过去，拨打了总台的电话：“喂，你好，总台吗？1809号房间里面的电视机看不到了，请你们马上派人来看看好吗？”

只一会儿，就见到一个服务员上来敲开了1809号房间的门。

“你好，请问您房间的电视坏了是吗？”

“没有啊。好好的呢。”李伟有些不解。

“刚才有位女士打电话过来说，您这个房间的电视坏了。”

“没有。”朱伟有些气恼。

“那对不起了，先生，打扰您了。”

服务员走了之后，李芳打通了朱伟的电话：“阿伟，我上午赶过来开会了，今天不回去了，现在正往你这边赶呢。”

只听见朱伟有些慌乱：“你现在到了哪里？”

“就快了，五分钟吧。”

“啊，好，好。”

只见一会儿，那女子就从朱伟的房间快速地走了出来。

五分钟后，李芳敲门走了进去。

“今天不到这里住吧，我在那边的酒店登了个房间。”

“省得去花钱吧，就住这不是一样吗?”

“不，我不想住这，瞧你这开会，人太多了，我们找个静一点的地方。”李芳不想在这儿住，因为他不知道朱伟昨晚在这儿发生了什么事没有，总觉得一进这房间就有些不舒服。

“行，就依你。”

晚上，夫妻俩完成了一堂缠绵的功课，李芳躺在朱伟的怀里轻轻地问：“房间里的电视机没坏吗?”

“什么?”朱伟心里一惊，随即什么都明白了，他俯下身子，深情地吻着李芳，“谢谢你，阿芳，谢谢你的宽容，你真美!”

很多时候，当有人在朱伟的面前称赞李芳的美丽和气度时，朱伟总是说：“宽容让她如此美丽。”

妙 吃

南山县刚刚出台了禁止公款吃喝的“五条措施”，其中第一条就是“同城不吃请”。所谓“同城不吃请”的意思是说，凡是同在县城内的单位和个人无论是出于工作关系还是个人关系不得利用公款相互吃请和请吃，否则，将受到纪律处分。当然，南山县的领导为了不影响与上级有关部门和兄弟县市的关系特别是为了不影响该县的招商引资工作，又作了一条补充规定：接待外商（县以外客商即为外商）、接待县以上有关部门和单位领导、接待兄弟县市有关单位来客除外。

这天一上班，县计生委罗副主任一行来到教育局检查计划生育工作。十点钟不到，检查工作就全部结束了，罗副主任伸手从右边西装口袋里掏出手机看了一下，“还早”，然后他环顾了一下同来的几位工作人员，像是征求大家意见的样子，最后他把目光落在教育局柳副局长身上，“柳局长，打扰了，谢谢你们几位！再见。”

柳副局长笑了一笑：“罗主任，走这么急？休息一会儿再走吧，搞革命工作也不能不顾身体呀？”

罗副主任犹豫了一下，很快他又把目光转向了同来的几位，好像是再次征求他们的意见。

“罗主任，玩几圈麻将，怎么样？”这时，柳副局长已经叫办公室杨主任拿来了一副麻将，“走，到隔壁休息室去。”柳副局长伸手把门推开，做了个请的姿势。

“这么说我们就恭敬不如从命了，再客气就显得太见外了，是不是？柳局长。”

“对，对，这才像老朋友的样子嘛。”

正砌牌，柳局长忽然想起什么似的站了起来，“对不起，有个事差点忘了，我去打个电话，马上就来。”

果真，不到两分钟就回来了。

要说什么东西最能使人忘记时间，可能就数麻将了。不知不觉，就到吃中饭的时间了，这时办公室杨主任推开门伸进来一个脑袋：“柳局长，请您出来一下，外面有人找您。”

柳副局长走了出去。杨主任面有难色：“柳局长，十一点半了，这午饭怎么安排？县里可是有规定的，前天城管局一位副局长就因为在一个单位吃饭挨了处分。”

柳副局长笑了笑，向里面指了指，伸手拍了拍杨主任的肩：“我已经安排好了，你回办公室等吧。”转身走了进去。

柳副局长刚一进去，罗副主任就掏出手机看了一下，站了起来：“哟，怎么过得这么快，该走了，该走了。”

“你看，都十二点了，吃完中饭再走嘛，再玩几圈吧。”柳副局长笑着挽留。

“不，不，怎么能到你们这吃饭？同城不请吃，也不吃请嘛，文件上写得清清楚楚的，我们既不是外商，也不是上级单位的领导，又不是外县哪个单位的，吃了的话，你我都是违反规定要受处分的。”罗副主任很有原则地说。

“这个你不用担心，俗话说来得早不如来得巧，革命虽不是请客吃饭，但革命工作也离不开请客吃饭，今天，我们还有兄弟县教育局的领导要来的，你就放心吧。”

正说着，门外响起了汽车喇叭声。

“罗主任，今天陪我们兄弟县教育局的领导吃顿饭怎么样？哈哈。这是东山县的教育局的李局长，这位是汪书记，这位是陈主任，还有这位是小姜师傅。”

“好啊，就和你一起去陪陪兄弟县的客人吧。”罗副主任大笑起来。

“柳兄，今天有什么事啊！十点多钟来电话，还说非来不可。”李局长问道。

“能有什么事啊，就是隔久了没见到你，请你过来吃顿饭，恰好今天我们县计生委的罗主任也在，你不来我们还吃不成呢。哈—哈—”

片刻之后，三辆小车出了教育局大门，向“阳光大酒店”驶去。

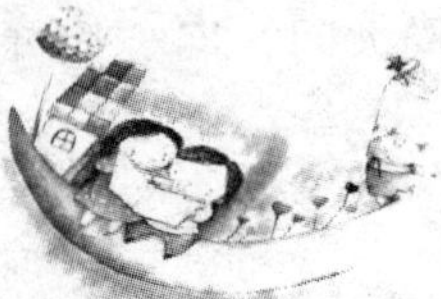

落　笔

市委书记张建军手里拿着一封举报信，看着信里的内容，他的手有些发抖，除了愤怒得想拍桌子骂娘之外，他感到无比的心痛。信的最后是群众密密麻麻的签名，上面按满了红红的手印。

每一项举报内容都说得清清楚楚，有时间，有地点，有内容，有证明人，有的还有场景。

张建军想不到上任之初就接到这样一封举报信。是有意的考验还是某些人有意的为难？不得而知。

被举报人叫做方刚，是本市南岭县沃土镇的党委书记，群众举报他与当地黑恶势力勾结在一起，私开小煤窑，无证开采煤矿，暗中指使社会无业人员殴打、砍伤当地矿主的事实；举报他利用手中权利打击其他正当经营者，收受贿赂、收取保护费的情况；还举报方刚包养了三个情妇。

方刚是全市最年轻的乡镇党委书记，很有经济头脑，年龄、知识、能力各方面都有相当优势，曾被市里作为先进典型树立起来。换届之前，市里的领导还准备将他往县级领导的岗位上推荐。张建军担任市委书记之后，这个年轻的基层党委书记更是把握十足。

张建军拿起签字笔，想在空白处签下自己的意见。他想了想，又把笔放下了，伸手揉了揉两边的太阳穴，有点痛。他知道，这笔落下去，就是表明自己的态度，这个态度将直接影响到整个事情的处理，影响到有关部门的查处。

他对这个方刚太熟悉了，对他给予很高的期望。每一次见面都嘱咐他要把工作做实、做好，做人要正、要真。每一次方刚都信誓旦旦，态度坚决，要他放一百个心。他想不到会是这个样子，成为一个这样的结果。

张建军深深地自责起来，是自己疏忽大意了啊！

张建军拿起电话，想把方刚痛骂一通，想问问他举报信中列举的事情到底是不是事实。刚刚拨出两个号码，他就放下了。这样一来，不就等于是给方刚通风报信吗？一些证据可能马上会被毁灭，一些人员可能马上进行串供，整个案件的查处工作会陷入僵局，或者走入死胡同，事情最终可能会不了了之。

张建军手里拿着举报信，站了起来，来到窗户前面。

如果要保护方刚，自己可以来个形象工程，亲自过问案子的查处，随时了解和掌控情况，避重就轻地查实一些问题，给方刚一个处分，免去他的职务，再给他一个调动，然后过两年来个异地升迁。作为一个市委书记这不是做不到的事。群众是善良的，他们没有多高的要求，往往只要免去被举报者的职务，调动一个岗位，他们就认为赶走了贪官，心里就满足了，那时自己还可能赢得公正无私的好名声。

张建军也可以这样做，不在举报信上签字，打个电话，把相关人员叫过来，自己交办几句，让他们去查就行了。交办时，只要语气上稍微带点暗示，事情也许会办到令自己满意的程度。这样，他可以不留下任何痕迹，把事情处理到最佳状态。

他还可以在签字措词上签得非常严厉，然后转给南岭县委，让他们去查办，南岭县的调查人员也许会碍于自己这个市委书记的面子采取灵活手段，也可能当中有个别人员本来与方刚就有说不清的关系，最终给这件事情画上一个句号。

张建军看看那些签名，红红的手印按在白纸上面，像是血。

江面上的雾正在渐渐退去，太阳照在江面上金光闪烁。“呜——”，一声声汽笛从远处传来，一艘艘航船正在阳光下来回穿梭。

他咬咬牙，再次拿起签字笔，签下了这样一段话：建议市纪委、市检察院、市公安局三家立即组成联合调查组，前往沃土镇进行调查；调查前，建议南岭县委按照有关程序将方刚同志调离沃土镇；对涉案人员、涉案问题要一查到底，直至水落石出。党风不正，何以富民，除恶不尽，何以安民。

张建军知道，有了自己这个签字，方刚下半辈子可能就会在牢狱中度过了。将方刚调离沃土镇，人们没了顾虑，案件的调查取证将容易得多。由市里组成联合调查组，方刚在当地立起来的关系网起不了多大作用，调查起来将会非常顺利。

秘书出去之后，他静静地坐在办公室，回去该怎么向父亲和母亲两位老人交代呢？他们能理解吗？

方刚是张建军的亲弟弟，比他小十二岁，随母姓。

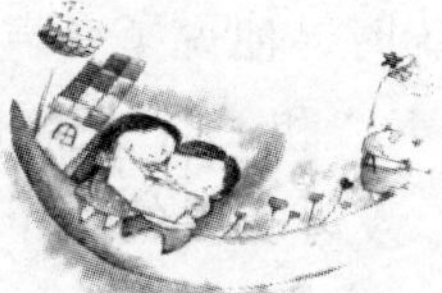

麻将人物二题

张南北

我不知道“麻将人”这个称呼是否合理，但我想搞写作的可称为写作人，搞音乐的可称为音乐人，拍电影的可称为电影人，那么像张南北这种职业麻将者也应该可以称为麻将人了吧！

张南北的身份比较复杂，因为他家实际上是在我们县城与农村交界处，说他是工人，他又没在工厂上过班；说他是农民，他又从来没有种过地，读完书就在城里闯荡，既不像城里公子哥，又不像乡下的年轻小伙，因此，他实实在在是个边缘人，城乡结合部的边缘人。

张南北人聪明，记性好，牌技在城里鼎鼎有名，他能记住其余三家打出的每一张牌，依此而估算出，谁和什么牌，谁要什么牌，谁家的牌大，谁家的牌小，如果自己手中的牌实在太臭，而玩大牌的那家又很可能自摸的话，张南北就果断地放炮给那家打小牌的，他说，这叫放炮赚钱。

有一回，张南北和几位朋友玩牌，临结束了，张南北却摸到了一副特别臭的牌，连最小的“屁和”都打不成，但他从出牌的情况判断出上家在做“七小对”，因为他老是跟着出桌面上已经打出来的牌，而在当地“七小对”是最大的牌，翻数是“屁和”的五倍，加上上家和自己都买了，也就是如果张南北放炮的话，就翻了两番，要 200 元钱，下家在打“十三么”，从他总打“风”来看，很可能是“七星”在手，最多也只缺个“发财”，因为他打了东、南、西、北、中、白，放他的炮也要 160

元，只有对家在打“屁和”，而且没有买，放一炮只要10元，一会儿张南北就发现了上家和下家都停牌了，他看了看对家，还没有停牌，摸了三圈后，张南北看到对家摸进一张牌后打出了一张新牌“四索”，他想对家可能要“三索”或“六索”，轮到他打牌时，他说了一声“三索”，把一张“三索”送到了对家前面，对家说了声“和了”，把牌倒了下来，把上家和下家弄得大眼瞪小眼一脸的无奈，旁边观看的几个人纷纷叹息，“可息了好牌”，“可息了副好牌”。

张南北打麻将常赚钱，但他并不注重这些，对赚来的钱花得也大方，他说：打麻将要有个好心态，牌技是次要的，其实，我就是只想玩玩，赚钱不是目的，有些人心态不好，老想着赚钱，因此反而老输，当然，老输不行，成年累月的输把家都输了，人没了着落，没了饭吃，空着肚子怎能玩麻将？但只赢不输，也是不可能的事，哪怕牌技再高也不可能，世上哪有长开不败的花，再说只赢不输谁还敢跟你玩，那不成了独孤求败，只有自己跟自己打了，要我说这麻将的魅力就在这有输有赢，谁也说不准。

张南北的父母看他整日泡在麻将桌上，就张罗着给他说了一门亲事想要拴住他。媳妇是个乡下妹子，不仅人长得水灵，而且也特别勤劳，第一次见面，张南北就说：“这么好的一个姑娘怕是不适合我吧，我这人爱麻将是出了名的，怕会影响你。”新婚之夜张南北在麻将桌上熬到四点多钟，直到他母亲生气了到桌上一把抓走了几张牌，才回到房里倒头便睡，张南北照样每天吃过早饭出门，晚上半夜过后回家，把媳妇晾在一边。

半年后，媳妇与他办了离婚手续，临走，母亲不舍得这么好的一个媳妇，一边流眼泪，一边絮絮叨叨，张南北说：“妈，你烦不烦，我这样子不让人家走这不是坑了人家吗？”

几分钟后，张南北又坐在了麻将桌上。

莫观生

老莫是个退休干部，原先不打麻将，退休后在家闷得慌，就天天出门到街上去走走逛逛，碰到熟人就聊上几句，有时老朋友、老部下就叫他："老莫，打麻将去。"

"不打，不打"。老莫又摇头，又摆手。

"莫书记，玩麻将不？"

"不玩，不玩。"老莫又摇头，又摆手。

"那，看看去？"

"看看吧，我去看看。"老莫就跟着去看打麻将。

看了几回，就略知一二，有时人家上个厕所，临时有个事出去什么的，老莫就替上几把，不知不觉地，老莫就爱上了麻将。

每天早上锻炼完，吃了早点买好菜，老莫就出门。

"老张，玩麻将不？"

"老李，来这边打麻将？"

老莫就成了召集人。

这时，老莫才知道为什么这么多人喜欢麻将，迷恋麻将，原来这麻将之中也有一个大世界啊，百十来张牌，每一圈摸到的都不同，打法也不同，有喜有忧，就是同一把牌，不同的心态，不同的人，不同的思维，打法也不同，从中还可以看出一个人的气度、为人等等。老莫对这麻将是赞赏有加了。"只要不过分，玩麻将是好事，小赌怡情嘛。"

老莫玩每天只玩五个小时麻将，上午两小时，下午三个小时，中午睡觉，晚上坚决不玩，时间一到不管赢钱输钱，走人。他不像有的人，赢了钱总想走，输了钱就缠着打，总想扳本，他不这样。"明天又有机会。"

要说牌技老莫还只能算是中下游，但是他的心态，在麻将人中却很有名，你说不喜欢嘛，他又天天想打，你说他喜欢嘛，他又不像其他人那样黏糊糊、拖拖拉拉，总是干脆利索，到时间走人，把麻将破天荒地玩出了时间规律。有一回，曾和老莫有过不错交情的老林和他一起玩，下午五点钟时，老莫说时间到了，我们该走了，老林这天恰好输了点钱，就说："要不，我们再玩几圈？"

"不能玩了，该走了。"老莫不同意。

"就一个小时嘛，你看，大家不都还在玩吗？"

"老林，我看明天再玩吧，时间长了对我们的身体可不好啊！"

"你还不就是赚了点钱，怕我扳本？"老林很不高兴。

后来，他们竟吵了起来，弄得不欢而散，然而，无论你如何吵，老莫却从不破这个例。

老莫有一个老部下老黄，退休后也加入了老莫他们的行列，老黄的妻子在十多年前就去世了，两个孩子又在另一个城市工作，家里就剩他一个人，老莫他们就张罗着为老黄找一个伴，不久，老莫就了解到常在老干部局玩麻将的人当中有一位五十多岁的单身妇女姓单。老莫就把阵地转移到老干部局来了，几天之后与那位妇女就成了麻友，每天，老莫就准时联系上老黄一起到老干部局麻将室，与那位妇女拉开麻将战的序幕，老莫说："老黄，这单女士可还真是个好对象，你瞧她打麻将，赢了，不欣喜若狂，输了，不来气上火，平平静静，赢了也笑，输了也笑，这种人心态好，这叫笑对人生，你别小看这几圈麻将，它独能折射出一个人物的内心世界来，你要是能找上她，可真是个好老伴。"

老莫天天和老黄到老干部局去，这一回却很让人觉得意外，无论玩多久，老莫从不先说要走，只要老黄和单女士没有离开的意思，他就一直陪着，有好几次中午竟然还吃了盒饭，三个月后，老黄与单女士结为夫妻。

老莫又恢复了他的五小时规矩。

老山羊开店

老山羊从深山里来到山脚，开了一家餐馆。在这个小山脚下，餐馆数量不多，加上老山羊忠厚老实，人缘好，大家都挺照顾它，虽然没有什么关系，但生意马马虎虎还算是过得去。

新来任职的豹子对老山羊开餐馆也表示了极大的支持，常常带着客人光顾老山羊的餐馆。每次，老山羊都说：“谢谢您的关照!”而豹子听了它的话后，总是说：“快别这么说，咱们都是乡里乡亲的，哪里用得着这么客气，互相关照一下是应该的。”

一晃就是年终了，各个单位都在结账，豹子所在单位在老山羊的餐馆共消费了10000多元动物币，都是由豹子签的单。

一天，老山羊揣了包好烟来到豹子的办公室，恭恭敬敬地递上烟。“豹头，您看这年关就快来了，我想把那些餐费结一下。”老山羊知道豹子在这里是个说一不二的人物，只要在山林里跺一脚，这山也要晃几晃的，所以说话分外小心。

豹子抬起头看了老山羊一眼，随即又看它的文件了：“行，这样吧，现在我这比较紧张，你能不能缓一缓，年前我一定想办法给你。”老山羊一听这话，心里踏实了许多，一会儿就走了。

半个月后，老山羊看到豹子来餐馆吃饭，在豹子签单的时候，他又问：“豹头，我那点账，不知能不能帮我结一下，您看，这都快过年了，两个孩子读大学等着钱用呢，再说，给那几个员工发点奖金什么的也要花点钱，您看能不能帮个忙?”

豹子看了它一眼，笑了笑说：“你别急，这几天我一定想办法帮你解决。”说完，扔下笔就走了。

三天后，老山羊打工的孩子小山羊从外地回来，带了一只四川小山羊到家里，说是刚谈的朋友，回家来过年，顺便把婚事也办了。

晚上，睡到半夜时，突然听到“咚咚”的敲门声，打开门一看，只见豹子带着几个帮手气势汹汹的站在门口，说是来查夜的，有人举报说，老山羊的饭馆存在卖淫嫖娼行为。

老山羊说：“这不可能呀，我餐馆里平时住的大多是从其他山头来的普通动物，他们哪里来的钱嫖娼啊？这餐馆里的服务动物也一个个规规矩矩的，从来没有谁乱来啊。再说，今天，这里又没有住别的动物，就我们一家子，怎么会有卖淫嫖娼的事啊？”

“我们查一查就知道了，你也知道，这是我们的工作。”豹子阴阴地一笑。

看到它这一笑，老山羊只觉得心里打了个寒战，一股凉气从心里升了起来。

一会儿，豹子它们就从楼上下来了，同时把小山羊和那个四川小山羊也押了下来：“你还说没有卖淫嫖娼行为，这两个是干什么的？”

“那是我孩子和他的刚处的朋友啊。”

“朋友？”豹子一声冷笑，“什么朋友，明明是从外地带回来的‘野鸡’，还要说是女朋友。带走。”

一听说要带走儿子，老山羊心里就没了底，它先是据理力争，接着就是阻挠，最后就是求情，不让豹子把孩子带走，反复说明没有卖淫嫖娼的行为。但是，老山羊的话没有起到丝毫作用，豹子一定要把孩子带走。

最后，经过反复求情，豹子才同意给予治安处罚，除两只小山羊各罚款5000动物币外，饭馆容留卖淫嫖娼行为也要罚款5000动物币。并且要求交现金，限定在第二天上午10点之前交清，否则只有抓走它的孩子。

老山羊第二天上午从家里把准备给员工们发奖金和工资的钱也拿了出来，凑了5000元动物币，带上豹子过去签下的10000多元单，把罚款“交”清了。

回到家里，老山羊老泪纵横。发誓再也不开餐馆了。

两天后，老山羊一家又回到了它们原来居住的地方。

叶总的上班生活

（一）

叶总并不是个什么公司的老总，她是个机关的上班族，而且，所在单位是个比较有实权的单位，大家叫她“叶总”是因为她有一个大家都非常了解的习惯，喜欢打电话，她一共有三个手机，一个是移动公司号码、一个联通公司号码、一个电信公司小灵通号码，加上单位上还有一个可以任意拨打国内电话的固定电话。大家都笑称她为“中国通信总公司老总”，说中国几家大的通信公司她都齐了，可以成立一个总公司并亲自担任老总。

8点30分，叶总来到办公室，放下包，“啪”“啪”“啪”……往电话机上按出一串号码。

“喂，张主任吗？你好，你好，好久不见了，我们很想你呢，骗你，我还会骗你？我骗谁也不会骗我们张主任的，你说是不是呢？近来在忙些什么大事，啊，是这样呀，怪不得见不到你的人影呢，有这样的好事就不通知我一声，一个人悄悄地去享受，可真不够意思。……什么？我不去，跟着你去我还能不去？真的，我还没去过深圳，下次去什么地方可要通知小妹一声，千万别又一个人悄悄地溜之大吉。你在那边还要多久才能回来，什么？还要半个月，怎么还要这么久？我想请你吃顿饭也不给机会，什么？谢谢，你客气什么……我可是诚心诚意的请了你，只是你不来，我也没办法，你别不记我这个人情债，下次可要请我吃一顿，过年以后，好的，好的，你可记住了还欠我一顿饭，到时我可会来找你……好的，好的，不说了，再见。”

放下电话，她又取出小灵通：“喂，刘局长吗？你好，你好，……，我是谁呀？我是小叶，对，对，对就是这个小叶嘛，除了我还会有谁呢？最近还好吧，啊，啊，我呀，每天还不就是老样子，上班下班，偶然下下乡什么的，除了这些，还能做什么呢？打麻将，近来手气不好，老是输，哪里都像你手气这么好，又是什么七星自摸，又是什么七小对，简直就是在搞个人表演，一次就赚人家两千多块钱，哪天我一定要报这仇……好，好，你等着，看我到时把你打得屁滚尿流。你到时可不许要赖啊……我要赖，哎呀，不就是在桌上欠你几百块钱嘛，你怎么这么小气，反正都是赚来的钱，少几百又有什么关系呢，今天，今天什么时候？下午，我看看，让我想想有什么事没有，下午我有个事要办啊，急是不很急，好，好，就明天办吧。下午我就过来，你可多带点钱，不见不散，好，再见。”

“陈总吗？你好，你好，我是小叶，对，对，哪里换了手机，没有，啊，你是说这个，这是我的联通手机号码，你还不知道是吧，那你可记住了，免得我下次打电话给你的时候又不知道我是谁。……看你说的，都快四十岁的人了，还漂亮什么，都半老徐娘明日黄花了，是啊，是很久没在一起吃饭了，这还不容易，你请我一次不就得了。什么，下次，下次我请你，你这人就会做假人情，尽开空头支票，你上次答应我的一顿饭还没兑现呢，什么？不是不请，而是没时间请，我才不信你这话呢，骗三岁小孩子去吧，吃饭的时间都会没有？的确是没有，那今天有没有，什么时间？就中午嘛，现在才上班一会儿，难道就说晚上的事？……好，好，那我们到时可就来了，到所罗门大酒店怎么样，对，对，那地方气派，这样才不跌我们陈总的面子嘛。哎，最近听说你们那儿有什么纪念品发是吧，啊，就是那种小雨伞，正好我儿子上学没伞用，不是不买，而是他常常弄丢，你帮我带几把过来行不？好，好，好，我明天过来拿。好了，等会儿见。”

“喂，喂，是简书记吗？啊，您好！您好！最近很忙吧？是啊，是啊，你们当领导的，哪里像我们这些普通百姓有空，既要指挥别人又要忙于应酬，一天到晚都忙得不得了……现在天气这么冷，我今天都多加了件衣服，什么，我是哪个，说了这么久，你还不知道我是谁，哎呀，我们的大书记，看来你真是贵人多忘事，老同学，你不记得了，三年前，我们在海南不是学习了一个星期么？……有一天晚上，你女儿从学校过来看你，后来因为太晚了，没有回学校，还是和我一起睡的呢，对，对，对，就是嘛，我是小叶，是呀，是呀，没错，就是我，过年了，也不过来走走，搞点土特产交流？我们林局长、陆局长、金局长他们可都特别特别的想你呢，他们听说我们是同学，就交给我一个任务，要我打电话给你，邀请你过来我们这里作客，你不来，我可就没完成任务，到时要挨批评的，你想想，害得你的同学挨批评，多不好，太不给同学面子了。我过来你这边，请你都请不来，我们怎么好意思来你这里，你是不是怕我们来你这里，才不来我们这里的啊，不是，那下星期过来怎么样，没时间，那明天有没有空，行，那就明天，我就跟我们领导回话了，好，好，明见。”

叶总放下电话走出办公室推开林局长办公室的门走了进去。“林局长，绿水的简书记说明天要来我们这儿，按说都快过年了不会有什么事，估计也没什么事吧，他在电话里只说会过来。”

从林局长办公室出来，她又来到了陆副局长的办公室：“陆局长，明天绿水的简局长要来，刚才还说要我代他向你问好呢，估计也没什么事，就搞点土特产交流吧。”

一分钟之后，金副局长也知道了绿水的简局长要来的情况。

叶总高兴地回到办公桌旁。看了看表：“哎呀，差点误了大事。”于是，赶紧坐了下来，又拿起了电话。

“小朱吗，中午陈总请我们吃饭，还是那里，对，还等什么，都 11 点 20 分了，我们慢慢走到那儿不就到下班时间了。”

“小莉，中午不用回家弄饭了，陈总请我们吃饭。你快点过来，人家小朱早就到了。”

“妈，我中午不回来吃饭，人家请客，不去不行的，人家非得请我，不去怎么行，我也是没办法的事。”

……

十分钟后，叶总她们就离开了办公楼。

(二)

叶总是个副局长，虽说排在第五位，但是，下面有三十多个基层单位，这三十多个单位几千号人的人事权、经济权她都可以说得上话，你想这权力也应该是不小的了，因此，职业光荣而且令人羡慕。

叶总同时也是个麻将人。当然，从她的工作性质来看，她不能算个麻将人，但她在这个小小县城里无论是从打麻将的技术上看还是从实际参与打麻将的次数和时间上比较，他都不比一般的麻将人落后，而且在技术研究上要略胜一筹，因为一般的麻将人只是因为爱好，且没有其他的职业，如退休老人、无业游民等等，他们大多都只是在实践中摸索到一些感性的经验而已，没有从理论上去学习了解，提高自己的理论水平。而叶总则不同，她不仅有着丰富的实战经验，而且有着扎实的理论功底。在这一点上，其他的麻将人望尘莫及。在叶总的办公桌里有很多本关于麻将实战技巧的书，从书的外表上看，每一本都最少看了不下于三遍。金副局长曾经说她："你看这书有啥用处？还真的能提高技巧不成，那都是蒙人的瞎话，要有用的话，大家还不都搞麻将研究去了。"叶总笑笑："金局长，这个你就是外行了，这是人家从实战中得出来的宝贵经验，上升到理论高度，理论从来就对指导实践有着重大的作用，什么时候该打什么牌该留什么牌是很有学问的，谁要什么牌谁有什么牌都要靠自己去作出判断，稍有失误就可能造成'重大经济损失'，可以说，麻场如战场，你在桌上，你就是指挥战斗的将军，指挥失误就可能造成战争的失败。"

叶总聪明、记性好，她能很有顺序地记住其余三家打出的每一张牌，依此而估算出，谁和什么牌，谁要什么牌，谁家的牌大，谁家的牌小，如果自己手中的牌实在太臭，而玩大牌的那家又很可能自摸的话，叶总就果断地放炮给那家打小牌的，她说，这叫放炮赚钱。有一回，叶总和几位朋友玩牌，临结束了，叶总却摸到了一副特别臭的牌，连最小的"屁和"都打不成，但她从出牌的情况判断出上家在做"七小对"，在当地"七小对"是最大的牌，翻数是"屁和"的五倍，加上上家和自己都买了，也就是如果叶总放炮的话，就翻了两番，要1000元钱，下家在打“十三么”，从他总打“风”来看，很可能是“七星”在手，最多也只缺个“发财”，因为他打了东、南、西、北、中、白，放了他的炮也可能要800元，只有对家在打“屁和”，而且没有买，放一炮只要100元，一会儿叶总就发现了上家和下家都叫和了，她看了看对家，还没有叫和，摸了三圈后，叶总看到对家摸进一张牌后打出了一张新牌“四索”，她想对家可能叫和了，估计是要“二三索”或“五六索”，轮到自己打牌时，她说了一声“三索”，把一张“三索”送到了对家前面，对家说了声“和了”，把牌倒了下来，把上家和下家弄得大眼瞪小眼一脸的无奈，旁边观看的几个人纷纷叹息，“可惜了，可惜了!”，“可惜了一副好牌。”叶总除了业余时间打牌，上班时间也打，每天8：30到一下办公室，要么是坐下来打电话，要么是转几转就去打麻将去了，当然，叶总打的码子大，一般是五十元或一百元一炮，一天下来输赢少则两三千，多则上万。她有一句名言：经济半小时。就是去赴饭局时，往往离开席还有二三十分钟，她就会说：“同志们哪，这大好的时光就让它白白地流淌吗？还是抓紧时间搞经济建设吧，来、来、来，经济半小时节日开播。于是凑足四个人拉开了战幕。”

叶总人缘好，偶有举报，公安人员开门见是她在场，也只说一句“你们继续玩吧”，就走了，她的小车上，专门放着一副麻将，以备不时之需，人们都说，叶总手里不抓着电话的时候，就一定抓着麻将牌。

叶总还有一段高论：“通过打麻将可以考察一个干部的人品德行；可以反映出一个人的内心世界；可以看出一个人的心胸是否宽阔，为人是否大方；可以反映出一个人的性格特点等等。因此打麻将也可以作为干部考察的一个方面。”叶总特别喜欢叫下属单位的“头”打麻将，常常“考察”他们，有一位不识抬举的，从不接受“考察”，总不是这事就是那事，推来推去最后把自己头上的帽子都推掉了。“一个文盲都会打麻将，而我们的领导却不会，这是什么问题，这不是一般的问题，这是学习问题。并不是说不会打麻将就不能当领导，但是一个不善于学习的人怎么做到与时俱进呢？怎么当领导呢？”叶总后来想办法让他下来了。

一天上午，叶总的兴致特别好。觉得很有必要“考察”一下几个干部，于是就电话通知了几个人前来接受“考察”，“考察”到下半夜一点钟，叶总的心情就变坏了，这天晚上她的手气特别背，他们三个老是自摸、暗杠。虽说叶总没有放多少炮，但也出了近两千块钱了，有时好不容易有一把好牌，别人又早早地自摸或放了他人的炮。她心里就有些发急，一发急，心情就不好，心情一坏，牌就越打越糟。这样，气氛骤然紧张起来，四个人没有一个开口说话，叶总拉长着一张脸坐在那儿，其他三个人大眼瞪小眼，心说：我们可是一炮都没捉过你呀。三点钟的时候，叶总手里有了一把好牌，“十三幺、七星在手”，断万，断万就是一个万都没有，见万就可和，叶总心说：这一把我非自摸不可，每人八百元，一把牌就可把前面输的钱全部赢回来，摸了三圈，还是没摸到一张万牌，第四圈的时候，下家打了一张六筒，上家牌一摊说了声“和了”，叶总翻起轮到自己摸的那牌一看，恰好是个三万，也就是说，如果下家不打六筒或者打了六筒而上家不和的话，叶总就是自摸。她脸色铁青地说：“和什么和？没见过钱是吧？好好的打什么六筒，会不会打牌？”把桌子一掀，麻将撒了一地“不打了”。几个人不欢而散。

没想到那几个人过去跟她打麻将本来就打怕了，打厌了，窝着一肚子火，看到今天这样子，心想反正“帽子”是保不住了，几个人一合计，干脆连夜不睡，根据他们所经历的、所了解的情况写了一封举报信，第二天一上班，就交到县纪委、县反贪局并且亲自出来作证。

两天后，叶总被免去职务。

（三）

免职的时候叶总没有哭也没有闹，她的心情比人们料想中的要平静得多，以至领导找她谈话时，看着她平静地走进办公室，平静地在面前坐下，反而感到非常意外。看到她的这副态度，一时反而不知说什么好，原先预防她又哭又闹，恐怕一时半会做不通工作，所准备的一大堆安慰劝解的话现在都用不上了，谈话只用了短短的三分钟就结束了。

“请领导放心，我没什么想法，我不怪领导，也不怪任何人，要怪只怪我自己。我只有一个要求，就是请求组织上把我调到另一个各方面与原单位相当的单位去工作。”叶总在谈话时只说了这一句话。

她的这份平静反而在领导的心里留下了深刻的好印象。

她的几位好朋友都说她不应该这么老实：“打麻将的又不止你一个，凭什么就拿你开刀，你也是，平时的泼辣劲都哪儿去了，也不闹一闹，让领导也知道你不是个软柿子。”

“是嘛，这么多打麻将的都不见有谁被免过职？这太不公平了。”

她听了，出奇的平静：“你们呀，唉，这事我也考虑了很久，我想了想，还是算了，被免职的有几个是调到好单位去的，我这再一闹，领导如果再一恼，还不知把我扔到哪个角落去呢？爱哭的孩子有奶吃，这话不假，可爱哭的孩子也最会挨打。免职又不是纪律处分，先弄个好点的单位再说吧。”

果然，叶总被安排到了一个她自己满意的单位。

到了新单位的叶总这一次倒真的没有什么事干了。就这么一个小小的县城，就这么几个单位，大家低头不见抬头见，彼此都很熟悉，甚至有些人过去还请叶总帮过忙。叶总虽然免职了，可还是安排她一个人一个办公室，大家也都不好去安排她做什么工作，这样叶总就成了一个赋闲在单位的人，既不管事，也不干事，她自已呢，每天来看看报纸，聊聊天，关起门来上上网，大家都知道她心里不痛快，也不来打扰她，在不在办公室里也没人知道，整天不来人们也不觉得，她好像是单位的“多余人”。

时间长了，叶总就有一天没一天地来单位，来了就到各个办公室打声招呼，再回到办公室打开电脑与网友们聊一会儿天，然后就走了，就到街上走走，边走边不停地变换着手机打电话，找人请客，找人做东，看有人到外地出差没有，跟着出去玩玩，一天天就这样不知不觉地过去。如果偶然有一天她不想出去逛街，就关起门来煲电话粥，反正一个人一台电话，平时别人也没有工作上的事找她，既不占着别人的线路，也不妨碍别人打电话进来。

一日，叶总在街上正打电话找人做东：“今天中午你请客，有事？有什么事，我来帮你做，不要，不要就说明没事嘛，否则的话，怎么会不要人帮忙呢……要不这样吧，我们先到你们定点的饭店去吃，到时你跟老板打声招呼，过几天过来签单就是了。”

突然，有一个人从前面一闪而过，她觉得这人好像在哪儿见过似的，就仔细地想了想，才记起这是一个小学同学，好像是在哪儿发大财了。

叶总赶忙挂了电话，追赶上去：“你好！”

那个人吃惊地回过头来：“请问你是？”

“我是叶小娟呀，你不记得了？”

“叶小娟，叶小娟，啊，想起来了，你是我小学的同学，就是那个扎辫子的小姑娘？好多年没见面了啊。”

“对，对，对，你是张发财吧？听说你现在果真发大财了？”

“没错，我就是张发财。大财没发，小财倒可以说是发了点。”

“你主要在哪儿发财呀？这次是什么时候回来的，可有什么好的发财路子，也带一带老同学嘛。”

“我呀，主要是在广东。明天我就得回去了。”

“带个人去怎么样？”叶总问。

“带个人？你的亲戚也去广东是吗，个吧人是没有问题的，瞧，那是我的车。”张发财指着不远处一辆崭新的广州本田说。

“不是亲戚，是我去。我现在反正是闲着没事，不如去你那边走走，一来可以看看风景，二来可以看看有没有什么发财的路子。”

叶总跟单位上打了个电话，算是请了假，第二天就去广东了。

在广东她跟着张发财去吃了几顿饭，认识了一些生意场上的人，叶总这人有一个优点，就是不论跟谁都是见面就熟。加上她又能喝点酒，因此，她几顿饭下来，跟那些个生意人就仿佛是老朋友一般。

住了一个星期，花了张发财三千多元钱就回家了，回来之前，她给那些前几天刚刚认识的生意场上的朋友们一个个打了电话，热情地邀请他们过来县里考察，过来观光旅游。

“钱总，我可是在我的家乡恭候你在大驾光临啊，到时你可别不来啊。”

“刘总，我的家乡可美呢，你可别忘了来我们这里看看啊。”

“郝总，你的酒量可真大，下次到我的家乡来，我一定叫几个酒量高的人来陪陪你。”

……

回来后的叶总，每天都到办公室来上班，和人们聊她在广东的见闻，每天上班开始聊到下班，从这个办公室聊到那个办公室，这一个多星期里单位上倒是增添了不少快乐的气氛，常常听到人们从这个办公室或那个办公室发出的欢快的笑声。

叶总本来就是一个爱炫耀的人，比如市里的谁谁她认识，什么时候在一起吃过饭，省里的哪位厅长曾与自己一起跳过舞，等等她都经常提起，这次从南方回来，更是增添了她的炫耀的资本。她打电话的时候比以前的声音更大了，而且喜欢在公众场合打电话给那些老总，人们老远就可以听到她打电话的声音。

“钱总，什么时候来我们这考察投资啊……”

“郝总，什么时候过来看看老朋友啊……”人都是这样，越走越亲，本来吃过一顿饭过一段时间也许就把对方都忘了。可叶总不，叶总和广东的那些老板就像和本地的其他朋友一样，是通过电话聊熟的，她每天一个电话打过去，本来在酒桌上就认识，这下倒真的不断加深了印象，成了熟人了，最少也可以算是“聊友”吧。

大家就无意中从她的电话里知道了一个信息，她在南方结识了很多的生意人，而且有一部分是大老板。不想，经过人们一传，就变成了叶总在南方有路子能引来大项目，而且前不久刚刚去考察过。

一日，负责招商引资的副县长用电话找到叶总，让她到他的办公室去，副县长微笑着给她倒了一杯开水，然后交给她一项任务，到广东去搞招商引资。这一下连叶总自己也大吃一惊，想不到自己还能去负责什么招商引资，招商引资到底怎么搞还不知道呢。但她还是很爽快地接受了任务。

于是叶总带了两个人又南下广东，又找到那些老板，并特意邀请他们到县里考察投资环境，于是三十多位大大小小的老板一下子来到了县里，在花了六万多元钱、走完全县所有的景点、吃遍了全县所有的美味佳肴之后，老板们回南方去了。没有签下一份合同，就是意向性的也只有一份。

合同虽没签下一份，但叶总一下子又成了小城炙手可热的人物，能把这么多的大老板弄到这小小的县城来，很不容易。

叶总成了招商引资的能人。

（四）

发展经济是县里的头等大事，而招商引资又是发展经济的头等大事，谁都放松不得，就是县里的书记县长也常常亲自出马去搞招商。原因很简单，没有企业就没有就业岗位，老百姓就没有工资收入，就穷，就没有购买力，就推动不了市场的繁荣；没有企业，就没有税收来源，说白一点就是“县长的口袋里没有钱”。一句话，没钱就没有发展。县里的这么多工作还要正常运转，还要改造城市、硬化街道、硬化乡村公路、修建学校等等，没有钱你什么也别想做，不要说办事业办不成，就是光那些吃财政饭的人的工资也能让你愁白头，今天老师来上访，明天退休干部又来了，烦也能把你烦死。就别指望出什么政绩，谈什么享受了。

可在绿水县，招商引资又是县里最头疼的问题，县里交通不是很便利，离省城太远，离市区也不近，高速公路远远地在离家门口几十公里的地方拐了个弯走了。资源也不丰富，仅有的几种矿产也没有什么大的储量，县名虽叫绿水，可青山却不多，水也不是很绿。所以很难招到大的企业来落户，招商引资招了十多年，上千万元的项目却只有一个。

县委书记和县长在全县的三个文明表彰大会上公开承诺，谁只要能引来500万元以上的项目，按投资总额的千分之五给引资人进行奖励，这么高的奖励金额在绿水县周围的十二个县市中是绝无仅有的。

县里把所有的县直单位分成了十个招商小分队，每队由两到三名县领导带队。叶总所在的小分队自然是一个重要的小分队了，任务是一千五百万，县领导为了平衡关系，把往年完不成任务的一些小单位都分到这个队来了，因为大家都觉得，有一个叶总在这里，有这么多的老板，还怕什么完不成任务，因此，在签订责任状时，每个单位的一把手都很痛快地把2000元押金给交了。

带队的谭副县长说：“小叶，今年我们可就跟着你享太平福了。”

叶总听了这话，心里着实有些紧张，因为她压根儿就从来就没有搞过什么招商引资，她和那些老板也只是出于个人的习惯打打电话什么的，并不是什么真正的朋友，真正要人家把钱放到这儿来，人家可不一定会答应。可开弓没有回头箭，她只有硬起头皮往前闯了。她想，这次恐怕是真的要打到冷宫里去了，这一千五百万的招商引资的任务哪有这么好完成的。她真的有点后悔，上次不该跟着张发财去什么广东，特别是后悔自己回来后不应该这么卖弄，跟别人到处乱说，弄得自己给自己出了一道难题，造成现在这骑虎难下的局面。

叶总每天8点钟就来到她的办公室，抓起电话就打，不过这次不是闲聊，而是工作，是在搞招商引资，是在和董事长、总经理等各色各样的老板联络，一下子又是叫办公室接个传真，一会儿又是叫土管局拿一份优惠政策的有关条款过来。每天都忙得不亦乐乎，一出办公室就听到她叫：“哎哟，累死我了。”累归累，可客商却一个也没有招来，在四月份的招商简报上，只有叶总所在的小分队招商额为“零”，弄得谭副县长好不尴尬，赶紧组织人员召开了一个会议，就下一步的招商引资工作进行研究部署。“小叶，到年终你可不能让我们坐这个冷板凳啊！”其他两位县级领导也跟着附和起来：“是呀，是呀，小叶你可不能让我们难堪啊。”好像这完不成任务的责任全在她叶总一个人身上一样，一些单位的一把手也盯着叶总说：“叶总，我们这2000元押金可全指望你呢，你可千万别让它打了水漂啊！”听那意思，好像是叶总拿了他们的钱似的。叶总心里很不舒服，只好笑了笑，嘴里却什么也没敢说。

叶总和小分队的人员南征北战，东引西讨，搞了大半年也只是捞了几个虾米，总共才招了600多万元，500万元以上的大鱼一条也没捞着，离完成任务还差那么一大截。在九月的招商简报上，他们小分队又一次受到了不点名的批评。

这一次谭副县长的脸色就不像以往那样笑呵呵的了，他沉着脸说：“大家都说说嘛，每个人都发表一下心里的想法，现在是九月，再过两个月可就要验收了，到时大家都等着挨批评，都等着扣工资扣押金吧。大家都想想办法，这招商引资是大家的事，也不能光靠谁一个人，这样去下赌注是注定要输的，大家看看自己还有什么能动用的关系，都动用起来，争取在这两个月完成任务，得奖的事大家就不要去想它了，能完成任务，不受批评就是烧了高香了。”接着大家也说了些所谓的办法和点子，管不管用都是个未知数。大家的心里都很急，可急也没有用，钱在人家手上，人家不来你这里投资，你总不可能去抢人家手上的钱吧。

散会后，叶总的心里很不舒服，她知道今天谭副县长的脸色是给自己看的，她心里那个悔啊可就别提了，她恨不得到一个没有人的地方狠狠地抽自己几个嘴巴，再痛痛快快地哭一场。

叶总有一个亲戚冯大海在本地可算是个大老板，办了一个大型的食品有限公司，投资在700万元左右，这几年生意做得红红火火，正想着扩大投资。这天，叶总到他那儿诉苦，想看看他有什么办法有什么关系能跑来引资项目，谁知冯大海说：“你看我这位外商怎么样?”

叶总很生气：“人家跟你商量正事呢，你还有工夫开玩笑”。

谁知冯大海倒很认真起来：“我真的不开玩笑，你只要有办法把我弄成外商，我就有办法让你完成引资任务。”

“为什么?”叶总看他不像是开玩笑的样子，也就认真起来了。

“要是我作为一个本地人投资的话，在征地、税收、建厂房等各方面都得不到优惠，要多花很多钱。”

“我想想。”叶总站了起来，“有了!”

“怎么?”

“你先把部分投资款通过其他途径打到外地，再从外地打回来不就成外资了吗?”

“好，企业总投资在1100万，我第一期就先从银行贷款300万，打过去以后再投回来。”

“过几天，你和我就一起去广东找张发财，我们先去和钱总交涉好，先把钱以货款的形式打到他的账上去，再由他打到刘总的账上，由刘总再打到张发财的账上，借张发财的名义回来投资，应该万无一失了。”

第四天，等冯大海办好了银行的贷款，叶总就和他一起南下了，在南方办好一切手续之后，叶总就打了一个电话给谭副县长：“谭县长，您好，我是小叶啊，告诉您一个好消息，我们招到一个1100万元的大项目了。”

“真的？是哪里的老板啊，是张发财，上次我们去找他时，他不是说不打算回来投资么，说是没有合适的项目。……啊，这次考虑成熟了，还是决定回来为家乡的发展作点贡献，好，好……小叶，什么时候回来，我叫我们这个小分队的头头们都来为你接风。……啊，张总明天就过来和我们签合同，谈地价，你叫他放心，一定把最优惠的政策给他。……坐飞机到省城，行，明天我叫伍局长他们几位过来接你们，辛苦了，辛苦了，小叶，你可是我们县的有功之臣啊！”

一切条件都谈妥之后，就正式签订了投资合同，很快那300万元投资就打到了张发财的委托人的手上，而这个委托人，正是冯大海在外打工刚刚回来的表弟。钱款一到，几十亩地就到手了，冯大海自己拿出两百万元又投了进去，厂房建好后，他又以厂房和土地作为抵押又贷了400万元，引进设备，开始了生产，加上凡是进厂的工人都必须先交5000元押金，反正有的是劳动力，你不交他会交。200多名工人100多万押金，他又拿去投资，验资时，稍微弄了一点水分，就达到了1100万的投资。

叶总拿到奖金后，自己只拿了一半，其余的拿出来给几个领导和其他单位一把手分了，小分队的人皆大欢喜。

叶总成了小分队的有功之臣。

（五）

叶总他们小分队弄到一个近几年来全县最大的项目，确实给谭副县长等县领导脸上贴了金，大家不仅拿回了2000押金，还意外地领到了近3000元的奖金，毫无疑问，叶总这一回成了他们的大恩人。

“我看小叶不是那种贪财的人呀，几万元的奖金她都只拿那么一半，怎么会去靠打麻将收下属的钱嘛。”

“是啊，我看这事也不可能，要拿的话，这回五万多元全部她一个人拿了我们这些人也没啥说的。”

过去人们反映她通过麻将受贿的影响一夜之间就被人们给否定了。

张发财注册的那家公司叫“绿环食品有限公司”，按照张发财的意思，公司交由他的委托人和冯大海管理，他自己则坐镇广东，招呼那边的生意，没有什么大事一般不会回来，有什么事只要委托人或冯大海跟他通个气就行了。这是县里的重点保护企业，一般的检查人员不能随便进去，就是公安人员要例行检查也得请示县委县政府，得到同意后方可进行。谁若擅自进入公司进行检查，以破坏经济发展环境罪论处。有功之臣叶总就常常到“绿环公司”去，在那里打麻将。

新的一年，一把手说单位的招商引资工作由叶总分管，也就是说叶总尽管只是一名普通干部，但实际上却已经是当作单位的领导来使用了。单位的事她照常不管也不干，谁也不会安排她做什么，办公室她也有时来有时不来，来了就转一下，关上门，走了。大家也不会怎么在意，招商引资嘛，哪有坐在家里能引来项目的。

她的电话更多了，反正电话费在小分队的引资经费中报销，今年小分队组合又作了调整，队长是司马副县长。

“喂，小张啊，在干什么呀？没干什么，到绿环去坐坐不？好的，好的，那你可快点，可别让我们久等。”

“小李啊，最近又忙什么呢，怎么老见不着你人，我呀，还不就这样，搞招商引资呗。到绿环去么，啊没有空，什么事还要你亲自动手，交代手下人做不就得了，不行，有什么不行的，你可别推三阻四的，你要不来，我可真的要生气了。”

“周局长，去打麻将么？上班时间，上班时间怕啥？搞招商引资的人，任何时候都在上班，任何时候都不在上班，打麻将也是为了招商引资，再说到绿环去，谁还敢来查你，是嘛，我等你啊，不见不散。”

如果叶总有两天没到绿环，就肯定是出去招商了。广东、浙江、山东发达的地方到处都留下了叶总的足迹，到处都有叶总的麻将声，她的麻将理论更高了，麻将技术也更加全面了，天南海北各地的麻将打法她都知道，都会打。在这一点上叶总深有感触。“到处走走，才知道过去自己真的是井底之蛙，见识太少，这麻将的玩法何止千千万万，可我们就只会这一种打法，真是孤陋寡闻啊！”

叶总就在祖国美丽的山山水水间上班办公，搞招商引资。

“喂，小燕，作业做完了吗？……好，好，乖，妈妈现在在很远的地方呢，什么地方？在泰山呢。……哪里是泰山，妈妈告诉你你也不知道，以后你在课文里会学到的，这里呀很美很美，今天晚上妈妈要和几位伯伯去山顶上看日出，你在家里可要听爸爸的话啊，回来的时候妈妈给你带好吃的好玩的。来宝贝，让妈妈亲一下，Byebye。”

“妈，您这几天还好吧，要多注意休息，家里的空调不要又舍不得开，这点电费还要您节省？……我这边呀，没什么，不觉得热，四季如春。我呀，现在，在云南昆明，是啊……这有什么，既要工作又要休息嘛，说不定我们在昆明的时候，就瞎猫碰上个死耗子，逮着一个大老板。这招商引资嘛，还不就是小时候到山上捡人家摘剩下野果子一样，全碰运气的，哪里是想招就招得来的，好了，好了，我们明天还要去西双版纳呢，您也早点休息吧，我自己会注意的，妈，您就放心吧。”

“丽丽，在干什么呢？噼里啪啦的是在打麻将吧，手气怎么样，还好，我告诉你，你可不能跟别人说啊，我现在在五台山呢……在这干吗，你说我在这干嘛，搞招商引资呗。……招几个和尚，招一座寺庙回来，也是可以考虑的，说不定到时会有哪个和尚看上你这大美人。我们那里如果能有这样一座寺庙的话，那可比什么企业都要好啊，你知道有多少人在这儿扔钱吗，可多啦，可不是一般的扔，而是大把大把的扔，还有什么比这更来钱的，真的，这地方很好玩的，下次有机会的话，我再带你来玩玩，要秋天……对，就现在这个时候来最好，不冷不热的。瞧，那人又跪又拜的，看他那样子可虔诚呢，看他那肚子，不是个当官的就是个大老板。唉，不说了，他们几个在叫我上香呢，我过去那边了，改天我再打电话给你。”

“珍珍，今天没当班吧……对呀，我就记得你今天按算是不当晚班的，什么呀，谁叫我们都这么好嘛，你上不上班我还能不记住？在家做什么呢，看电视，那多没劲，你不会找几个人打麻将，不想打，你呀是不是看中谁了，得了相思病，连麻将都不想打了。……没有，谁能保证你没有个相好的呢？我，我现在在敦煌，哎呀，走了一天，都累死我了，这些什么破壁画，一点都不好看，早知道是这样，请我都不来呢，真不知道那些人是怎么弄的，一个这样的破地方，还说什么旅游胜地，本来嘛是想来看看玩玩，哪知道看又不好看，玩也不好玩。”

"晨兴，睡了吗？……还没有，我们明天上午的飞机，估计下午三点左右到家吧……现在呀，现在正在海南三亚，住在海天大酒店，环境还好，挺舒服的，告诉你，这里呀，都冬天了，还能下海游泳，一点也不觉得冷。……敦煌，去敦煌那是上个月的事了……影响，有什么影响，大家不都这样做吗？你呀就是个书呆子，怕这怕那的，好，好，好，就这样吧。"

叶总她们这一年天南海北地跑花了10万多元招商经费，却只搞到两个50多万元的小项目。好在他们的小分队长司马副县长通过一个同学弄来了两个400多万元的项目，差距才没有这么大。可也还差500万的引资任务没有完成，眼看又要挨批评了。却不想，马山镇这时搞到一个1000万元的大项目，而马山镇的引资任务，只差300万就完成了，叶总听到这个消息后立即把它告诉了他们小分队的队长司马副县长，司马副县长赶紧找到马山镇的党委书记老钟。

"钟书记，听说你招了一个大项目？"

"司马县长，你的消息真灵啊，怎么这么快就让你给知道了？"钟书记一听就知道是什么意思了。

"可不可以搞个合作，算我们也一份，奖金全给你，我们一分不要，只要你这个任务数，反正你都是超额完成任务。"

"刚才，梅树乡李书记、桃枰乡的区书记和杨柳镇的丁书记都给我打了电话，要我们把超额部分算他们乡的引资任务，司马县长，你看这……"

"他们就让他们自己想办法了，先考虑我们这边吧。你就说这次招商，我们本来就打算一起去的，只是那几天我有事耽搁了，没有去成。"

老钟是聪明人，怎么会去得罪一个副县长，给自己找难堪，乐得做个顺水人情，副县长要嘛，他们几个知道了也不会说什么。

"小叶，你这电话多还真有电话多的好处啊，最起码信息比人家灵，在这次招商引资中可又一次发挥了重大作用，你可又立了一功啊，哈哈。"

招商引资任务又一次顺利完成，叶总过得潇潇洒洒，小分队的人也都一个个高高兴兴的。

（六）

这一段时间，社会上的人对叶总有一些议论，说她招来的张发财的项目是个假项目，其实是冯大海的，她们在搞假引资；也有人说，叶总也投了股份在里面，冯大海给了她五万元钱股份；还有人说，叶总和招商小分队的几个单位的一把手的关系说不清，常常动手动脚的，还有人说看见她和伍局长一起去开房过夜。当然这些都只是社会上的一些流言蜚语，从来没有人证实过。因此，流言终归是流言，对叶总丝毫构不成影响。

由于在招商引资工作中功不可没，经过几位领导的大力推荐，叶总被调到新成立的招商局担任了第一副局长，主持招商局的全面工作。

叶总当了主持工作的副局长之后，真可谓意气风发，一天到晚似乎更加忙了，不是打电话，就是陪外商打麻将，要不就是到领导那里汇报工作，有一次，在局里的干职工会议上，她总结了一下说："这招商引资工作嘛，就是'两打一报'，所谓的'两打一报'，一是打电话，沟通信息，得到情报，做到心中有数，这就好像是情报工作一样，做好了我们的招商引资工作就会有起色；二是打麻将，陪现有的外商打麻将，联络感情，让人家在这里生活得也开心，这是招商引资工作的软环境，软环境同样重要，软环境搞好了，人家也可以为我们多作宣传嘛；一报就是向领导主动作好汇报，要写好汇报材料，要把我们所做的工作反映出来，要把我们的工作成绩反映出来，让领导、让大家看到我们的工作，看到我们的成绩，要善于总结经验，把我们的做法把我们的经验推广出去。招商引资工作要取得领导的大力支持，就一定要多汇报多总结。"

叶总的"两打一报"，实实在在地为她的工作起到了作用，她上任几个月了，项目虽没有引进多少个，但全体领导都一致认为今年的招商引资工作声势大气氛浓，营造了全县上下都来招商引资，人人都是投资环境的良好氛围，为县里今后的招商引资工作奠定了扎实的思想基础，比过去的工作有了明显的进步。

"小叶这人不错，挺能干的，我们这些外商对她的评价都很好。"

“叶小娟这人啊，搞招商引资最合适了，风风火火，挺有魄力的。”

叶总真的很忙，招商局的办公地点在离县政府五公里之外的工业园区，但是，只要没有出去外面搞招商引资，人们几乎天天都可以看到她的那辆广州本田车停在县政府前面的广场上，也常常看到她面带笑容、手里拿着一叠叠汇报材料从大门口出入。

叶总的“两打一报”工作方法很快就发挥出了实际作用。一天下午，宣传部郑副部长找到她，让她准备好一篇先进事迹材料，事迹要感人，字数要达到5000以上，同进交给她一份表格，表格的名称是《清平市十大杰出青年候选人推荐表》，原来，清平市准备在全市范围内评选“十大杰出青年”每县市区各上报两名候选人，但是，绿水县的领导经过认真而慎重的考虑，决定只推荐叶总一人，也就是说，叶总是当然人选，因为绿水县在清平市十三个县市区中，虽不能说最有影响力，但也是举足轻重的，十大杰出青年中绿水县肯定有一人，而这个人，就是叶总。

叶总还在路上，就打了个电话给她的一位在市文联的同学，请他过来帮忙写这个事迹材料，她这位同学是省级作家协会会员，擅长写中短篇小说。同时，为了更能够以情感人，她让她的那位同学再邀请了一位该市在省里排得上号的散文作家前来协助，以求进一步达到以情感人。她的那位同学说：“没问题，只要三天就帮你搞定。”

果然，两天工夫，两位作家就帮叶总写出一个8000多字的文情并茂的事迹材料。送给县里的几位领导过目后，没有作过什么改动就通过了，但是叶总还是有些不放心，留着两位作家，继续看了三天后，他们自己都觉得实在是没有什么可改了，才最后确定下来。

材料很快被送到市里，市里的评选小组看了这个材料后，觉得非常满意，在《清平日报》上公布25位候选人员名单时，把叶总放在了首要位置。

评选工作在紧锣密鼓地进行。据内部消息透露，叶总在十大杰出青年当中的排位很可能就是她在报纸上的那个位置。评选结束后，市里将上报叶总和市农科所一位青年专家为“全省有突出贡献的十大杰出青年”候选人，到省里参加评选。

叶总放心了，她知道自己这次成为全市的“十大杰出青年”是不成问题了，心里非常的高兴，她知道，如果是全省的“有突出贡献的十大杰出青年”这顶桂冠再戴在自己头上的话，那么不说是前途无量，也起码是前途光明。因此，她又在着手运作这件事情，也给省里的一些要害部门的老乡、同学、比较熟悉的领导都打了招呼，准备过几天去一趟省城。她知道这件事情光靠打打电话怕是解决不了问题，一定得自己去。

“喂，张诚吗？你好，你好，我叶小娟呀，对，对，对，就是这个叶小娟，这样，我有个事想请你帮个忙，是公事还是私事，这事嘛，说是公事，又与我有关，就算是公私兼顾吧，就是那上评选“十大杰出青年”的事，想请你帮说说话，对，对麻烦你在合适的时候帮我说说，好，那我就先谢谢你了，过几天我再来看你。”

“唐厅长，您好！我是绿水的小叶，对，对，就是这个小叶，很久没看到您了，近来一切都好吧，好就好，我有个小事想请你帮忙说说话，哪里，您说话是非常有分量的，一言九鼎，一定管用的，一定管用，就是那个评选十大杰出青年的事，对，对，好，好，那我先谢谢您了，过几天我再来看您，行啊，您说怎么喝就怎么喝，到时肯定是您把我放倒，是不是？好的，ByeBye。”

就在叶总准备去省城的前两天，她却出事了，事情来得是那样突然，以至大家突然间听到这消息的时候都觉得这不可能，以至很多人都无法相信这是事实。

叶总的出事对大家来说确实是一个非常意外的事，就是在她自己也完全没有料到。

一天早上，一个起了大早的农民，正赶着上街卖菜，突然在工业园门口右侧一个比较偏僻的地方发现了叶总的尸体。身上插着一把刀，地上流了好大一摊血，于是立即报了案。公安局的法医来到后，看了看，说已经死了几个小时了。

叶总的被杀迅速在社会上形成了多种版本，有人说是被争风吃醋的人杀的；也有人说是和男人幽会时被男人杀死的；有人说是被图财害命者杀死的；也有人说是在招商引资中使了坏被客商雇人杀害的；也有人说她勒索冯大海的钱，是被冯大海请黑社会的人杀掉的。形形色色、各种各样的版本都有，社会上传得沸沸扬扬。

县委县政府下令公安局限期破案。

三天后，案件告破。两个 18 岁的罪犯被逮捕归案。

“你们为什么要杀死叶小娟?”

“我们就是为了抢她身上的几万元钱。”

“说说具体的经过。”

“星期三晚上两点多钟，我们上网后回家，走到工业园门口时听到一个女人在打电话，听她说话的样子很高兴，一边打电话，一边不停地笑，好像是在说打麻将的事情，又听到她说手气特别好，从上午开始到晚上一共赚了两万多块钱。也许她是太高兴了，所以没有注意到我们也就在不远的地方，听说她赚了两万多块钱，我们就停了下来，没有再往前走，我们当时想：她既然赚就赚了两万块，自己身上最少也有万把几千的，加起来不就有三万来块钱吗？前不久，我们两个刚刚赌输了钱，欠了几千块钱的赌债，听到有这么多钱，看到她又只是一个人，所以就决定要抢她了。在她掏出车钥匙低着头弯下腰开车门的时候，我们从后面跑上去，一个拦腰抱住她往墙角那边拖，一个用手用力的按住她的嘴，防止她叫喊。到墙角那边后她还拼命地挣扎，我们又怕抢完后她立即去报案，就抽出刀来扎了她一下……”

叶总的追悼会是绿水近年来所有科级干部中最隆重的，县里所有在家的领导都出席了追悼会。让人们觉得有些意外的是，悼词就是由她的那篇事迹材料经过加工和压缩而成的，把所有在场的人都感动得掉下了眼泪。

咸鱼谷烧

乡党委书记林卫军来到村里的时候，大部分人刚吃过早饭，到了村支书周大可家门口，他就叫司机回去。

“那你下午怎么回来呢?”司机小周问。

“到时我再想办法，说不定我今天住在这里，你没必要在这里耗着等我。”

老支书周大可正在门外的场地上把昨晚烧稻草树叶垃圾的草木灰扫进土箕里，看到林卫军来了，赶紧放下手里的家什，在衣服上拍拍手，热情地走上去：“哟，林书记这么早啊，快请屋里坐，快请屋里坐。”

林卫军轻轻地笑说了句，“老周啊，这么早就在扒灰了。”

周大可说了句：“这是我们林书记家才有的传统啊，我们这里没有的。”两个人随即大笑起来。

“今天有什么事是吧?”周大可问。

“没什么事，就过来看看。”

周大可叫来治保主任，走到一边说：“你去买一只本地老鳖，要野生的。再去买一只鸡、一只鸭、两斤肉来。中午叫其他的村干部也一块来吃饭。”

“老周，午饭也不用准备，我们就到农户家里吃，到哪饿了，就到哪吃。”

“林书记，你虽说来过多次，可还没在我们村吃过一顿饭呢。”

“老周，你要真的这样弄，我就一个人走了，连你也不要去。”

“好，好，听你的。”

原来乡里推广有机农业，一些农民由于对此不了解，思想上有抵触情绪，前两天两名乡里的干部还和几位群众吵了一架。农民的抵触情绪更大了。

走走停停，每到一户林卫军都是问些家里的收入、孩子的学习、老人的身体、有什么困难等等，然后又问问他们对推广有机农业有什么想法，边问边记，还不时点头表示同意村民的观点。

在一座拱桥上，刚好碰到几位农民在那儿歇着，林卫军也坐下和他们聊了起来。

一位年轻小伙子说："这些年，我们得出了一个规律，凡是乡政府叫我们种的东西，我们都不能种。否则就是吃亏……"

周大可瞪了那人一眼，小伙子立即停了下来。

林卫军笑了笑："没关系，老周，让他说下去，我就想听听这个呢。"

"过去我们大面积种玉米、种刀豆、种甘蔗都是大家一齐上，结果产品多了，销路却跟不上，造成积压，很多人就吃过这样的亏。"

"可这次不同啊，光我们县就有好几个有机食品加工的公司和厂家，并且我们还引进外资正建一个大型的有机食品加工公司，到时恐怕就是我们全县都搞有机农业也满足不了他们的需求呢。何况还有承诺，要签合同的。"

"过去动员我们栽这种那的时候也有好些人来做工作，也作过很多承诺签过合同，可后来我们去找他们的时候，一些干部理都懒得理我们，更别说帮助我们了。"

林卫军和他们谈了很久，午饭就到小伙子家里吃。

一盘咸鱼、一碗油渣、一盘花生米、两个蔬菜，每人面前一碗当地师傅酿造的谷烧。

林卫军端起碗和他们碰了一下，喝了一大口酒，夹起一块咸鱼，毫不客气地放到嘴里，嚼得津津有味。

林卫军感觉到就在这碗碰着碗的时候，他们之间的距离悄悄地拉近了。

林卫军干了碗里的酒后，又和他们喝了半碗，几个年轻小伙子想不到乡里的书记和他们喝谷烧喝得这么痛快，一个个都高兴地倒上了酒，喝得有些高。

林卫军掏出10元钱："这是我和周支书的伙食费，你一定得收。不收的话下次来你们村里我就不敢到谁家吃饭了，你总不会要我下次在你们村里饿肚子回去吧。"

小伙子本想说什么，但听完林卫军的话后，又什么也没说，就收下了。

休息的时候，几个人取出了一副麻将："林书记，玩麻将不？一块钱一炮。"

"你们玩吧，我休息一会儿。"

旁边有人说："干部哪里有打一块钱一炮的，最小的也是10块钱。"

周大可赶忙说："林书记真的是不玩麻将，有两次和我们玩也是玩钻桌子的。"

"那我们就玩钻桌子。"

林卫军上桌第一把牌就放了对家一炮，大家洗好牌正要接着玩第二把牌时，林卫军说："大伙儿让让，我还没钻桌子呢。"

几个人都有些意外，想不到林卫军真的会钻桌子。

"算了，算了。林书记，哪能真让你钻啊？"

"那不行，说出来的话就一定得算数啊，大家都不按照规则来就不行啊。"

于是，大家撤开条凳，林卫军从桌子这边钻到对面出来："都不许耍赖啊，要钻到对面出来才算数。"

大家嘻嘻哈哈地玩了近两个小时才结束，林卫军也钻了10多回，在四个人当中次数不是最多也不是最少。

"走吧，老周。"

林卫军和周大可正要出门的时候，几个年轻人说："林书记，要是为了有机农业的事，你就不用再去了，就凭你能吃咸鱼、喝谷烧、钻桌子这些，我们负责做其他人的工作，包你一户不落，一定不拖后腿。"

林卫军回头说了句："谢谢你们，不过我还得去走走，和大伙儿聊聊。"

说完，就和周大可走出了大门。

年夜饭中的幽默总结

安平市社联张主席一家子过年时聚集在一块吃年夜饭，大儿子张兵看着大家只顾喝酒吃饭，气氛不是那么活跃，想来点小幽默，让大伙开心地笑笑，就对老张说：“爸，今天是年夜饭，我们就来点儿幽默吧，一家人在一起开开心，乐呵乐呵。”

张主席想想也是，平时大家东南西北的，难得聚在一起。过完年，大家又得分开了，今天在一起就干脆来一台乐子吧。

于是，张主席说：“好啊，我们就谈谈各自的工作吧，用幽默有趣的方式总结一下，看看一年来工作中最大的感受是什么？我先定个游戏规则，只能用一句话来说，并且不能诉苦，要让大家听了都能够笑起来。”

“爸，那就您先带个头吧。”张兵说。

张主席想了想，自己在社联主席这个位子干了五年多，机关里平时冷冷清清，除了几只老鼠之外，很少有另外的客人光顾。单位里就那么三四个人，而且都上了点岁数，没什么事情可干，也干不了什么事情。但是，别看单位小，却是一个正处级单位。作为一把手，这五年当中做得最多的工作就是开会。办公室小吴接的最多的电话就是会议通知，凡是市里召集一把手参加的会他都得参加，有时一天之内开三四个会。每一个会都好像与他们有关，实则全无关系，开完会之后，什么事也没有。他笑着看了看大家，不紧不慢地说了句：“工作就是开会。”

大家笑了起来，说爸爸这句总结真的是很经典也很实际。

张兵说：“爸，那么多的会，天天坐在那儿听人家讲话作报告，可把您的坐功练得越来越好了！”

儿媳妇刘玲在市里的建元区工商行政管理局工作，听了公公的话，想想自己一年到头和同事们基本上做的也就是一件事——收费。说是说行政管理，可是，其他的事情基本不做，很多事情也根本不管，任其发展，市场基本上是处于一种自由状态。除了是特殊的日子，才会搞几辆宣传车走上街头，做做样子。企业主，个体老板有什么事情，都是他们自己到局里来。再看看城管、卫生部门也差不多，就是小区里的物业管理也差不多是只收费不办事，搞得住户们怨声载道。于是她脱口而出：“管理就是收费。”

“这话说得好，可不知有没有乱收费啊?”刘兵为妻子的总结赞了一声，再笑问了一句。

“瞧你说的，乱收可以，但乱告就不一定行。”

小儿子张平在下面的南岭县县委办公室担任副主任，平时做得最多的就是协调上的事情，招商引资、工作信息、群众上访、会议联络等等，天天不是往市里跑就是往省里跑，要不就是跟兄弟县市的来来往往，工作上所有的事情基本上都是在酒桌上解决的，一年里不知要喝进去多少酒，也不知醉了多少回。想到这里他深有感触，笑着说了句：“协调就是喝醉。”

一家人大笑起来：“张平，你可真是生了一个装酒的胃啊，一年下来，几百斤白酒装进去，细菌要碰上你这么个身体也算是倒了霉了。”

张兵在东莞开了一家公司，自己任总经理，精心打理。公司发展得，红红火火，势头相当不错，回到家乡在市里也算是小有名气的人物。人们对他都非常羡慕，称他是个能人，说他是个风光的人物。但真正的苦衷只有张兵自己知道，比如这一回过年，自己光红包就送出去不知多少个，各个部门的关键人物都得罪不起，都得一一意思意思。他随口应了一句：“联系就是行贿。”

张主席一愣：“说，兵儿，开玩笑吧，这事你可不能做啊!”

张兵吃了一惊，说：“爸，您别当真，这不是过年大家找乐子吗?我开玩笑的，我从来就是守法经营，哪能这样做呢，您放心好了。”

……

最后，老伴开口了：“你们大伙儿都说完了，就我没说呢，要我看呀，你们一个个都是主席、主任的，刘玲也是个科长，张兵呢虽说不上公家的班，但在自己的公司里是说一不二的人物。都不简单，就我这个老婆子是一普通老师，最没权力了。这些年呀，我看你们一个个忙得都够呛的，也有点感触，就出一副对联吧，明天贴到你们哪个的单位去。”

上联是：今天开会，明天开会，你也开会，我也开会，人人开会；

下联是：这儿讲话，那儿讲话，你也讲话，我也讲话，大家讲话。

横披：谁抓落实。

“妈，说得好啊，您可真够厉害的，这对联说得多好啊！来，我们大家敬您一杯。新年快乐！”

一家人高兴地举起了杯子。

四周的鞭炮声声声响起。

贾逵

贾逵走上城头，城外旌旗蔽日，烟尘滚滚。半个月前，久攻绛邑不下的郭援又调来并州刺史高干和南匈奴单于呼厨泉的两路大军，三面同时进攻。贾逵知道，一座孤城，一支伤痕累累的疲惫老弱队伍，即使人心再齐也无法对付三路威猛的虎狼之师强大的攻势。

贾逵忧心忡忡，他叹了口气，回头对身边的三老说："坚守了几个月，城中的兵士已经伤亡过半，难于坚持下去了。外援无法到达，绛邑随时都可能被攻破，请你们说服城中的百姓，城破之时不要再作抵抗，以免造成无辜的伤亡。"

三老涕泪交流："将军，我们愿与绛邑共存亡，只要将军一声令下，城中妇孺也定会舍生忘死。"

"留得青山在，不怕没柴烧。大家万万不可如此，人是最宝贵的，城池还可以复得，曹公很快就会回来，到时大家再做响应也不迟。"

"将军，你呢？"

"城破之时，就是我贾逵断头之日，我贾逵宁做断头将军，决不做低头将军。"

"我们愿与将军一起，哪怕肝脑涂地，也决不让郭援伤害你一根汗毛。"

新的一轮进攻开始了，攻城的军队从三面压了过来，一队队士兵沿着梯子向城墙上爬，投石车把巨大的石块抛向城里，砸坏了城墙，砸坏了屋梁，很多人被石块砸得伤痕累累，有的人被石头砸得脑浆迸出。箭好像下雨一般，射向城外，战鼓声、喊杀声、马嘶声、刀枪声混成一片，到处是鲜血，到处是尸体，到处是受伤的人。

刀光剑影，杀声震天，尸横遍野，血流成河，场面十分惨烈。

直到傍晚，进攻才停止。贾逵组织人员清理战场，发现这一仗下来，又将近减员三分之一。他清楚，如果郭援再组织一次强攻，是决计守不住了。

三老出城与郭援谈判，条件是不杀贾逵和不得滥杀无辜，城中军民就投降。郭援本来就知道贾逵很有才能，通晓军事，想让他帮自己带兵打仗。于是，非常痛快地答应了三老的条件。

贾逵被捆绑得结结实实来到郭援的帐中。

看到贾逵这副样子，郭援心中有了一种成就感，他心里冷笑了一声，想不到赫赫有名的贾逵今天也成了我的阶下囚。他想，要是贾逵能投降过来，不仅给自己的军队里增添了一员虎将，而且可以大大提高自己在袁绍军中的威信。于是，赶紧过去给贾逵松了绑：“哎呀呀，将军受委屈了，受委屈了。”他又佯作生气地对旁边的士兵说，“混账，你们怎么能这样对待贾将军呢？”

贾逵没有说话，站在那里看着郭援。

“郭援久闻将军大名，久慕将军之才，想与将军共图大业，效力袁公。”

贾逵轻蔑地笑了一下：“我贾逵的心里，只有曹公是天下英雄，什么袁公，我看狗屁都不如。”

卫士祝公道大喝了一声：“大胆狂徒，见了郭将军竟敢口出狂言，还不赶快跪下叩头？”

“要我跪下？痴心妄想。”

祝公道过去强按着贾逵的头，要他跪下。

贾逵大声说道：“哪有国家的官吏给反贼跪下叩头的，就是死，我也不跪。”

郭援听得心里一颤。祝公道拔出佩刀，架在贾逵的脖子处，贾逵把眼睛一闭：“要杀要剐，请便。”

第二天，郭援又来劝降，却被贾逵大骂一通。

第三天，郭援再次来到关押贾逵的地方，贾逵还是不为所动。

郭援本来就对贾逵心存忌恨，见贾逵成了阶下囚还如此强硬，不由得恼怒异常：“来呀，将这个不识好歹的人绑了，千刀万剐。”

贾逵将要被杀的消息飞快地在城中传递开来。

一个士兵飞快地跑到郭援的帐中：“将军，大事不好，城里的士兵和百姓又在准备和我们打仗了。”

郭援以为自己听错了：“什么？不是刚刚投降了吗？这帮人怎么出尔反尔呢？”

他走出帐外，果然，看到城头上的气氛又紧张了起来。

郭援厉声问道：“这是怎么回事？”

“禀将军，他们听说您要杀贾逵，就不干了。”

郭援不相信，城里的那些官吏和百姓真的会为了一个贾逵去拼命？他走了过去，向城头上喊道：“你们知道这样做的后果吗？我劝你们赶快放下武器，否则，你们就会死无葬身之地。只要我一声令下，我身后的大军立即就会将这里夷为平地。”

“你这恶贼，言而无信。你敢杀贾逵，我们就跟你一拼到底。”

“将军，放了贾逵吧？这里的官员和百姓为了他连命都不要了，这可是一位真正的义士啊！”郭援的部下也纷纷跪下，替贾逵求情。

想不到贾逵会有如此威望，竟然连我的部下也替他求情。今天若不杀他，只怕今后真的是要败在他手中了。郭援心中的怒火更炽，更坚定了杀贾逵的决心。

他心中怒极，却哈哈一笑：“乡亲们，我并不是要真的杀他，只是看看贾将军能不能经受得住生死考验啊！贾将军果然是条汉子，我跟大家一样十分佩服。”

士兵把贾逵押了回去，郭援叫过祝公道等人，吩咐他们依计而行，务必在晚上杀死贾逵。

几个人把贾逵放到了一个小小的土窖中，窖口盖着车轮，用大石压住。

半夜时分，祝公道出现了，他搬开井口的石块和车轮，把贾逵拉了上来：“将军快走，晚了就走不成了，郭援吩咐我们用石块把你砸死在这井里，造成意外死亡的假象。”

“是你？”贾逵看到祝公道，感到非常意外，想不到放自己走的就是几天前那个逼他下跪和把刀架在他脖子上的人。

“将军义气可敬，乃人中豪杰，令我等十分佩服。”

祝公道把贾逵送出一程：“我救将军，是为仁义。然阳奉阴违，是为背信；背叛主人，是为弃义；私放要犯，是为不忠。不忠不信的不义之人，岂可苟且偷生。将军一路走好！”

突然间，祝公道出刀如电，等贾逵反应过来，已经晚了。

一股鲜血从祝公道的脖子上喷射而出。

“义士——”贾逵的声音在夜空中久久回荡。

价格防线

看着三轮车上的矿泉水，辉崽心里很得意，差点就要笑出声来，20件，就是480瓶，每瓶卖50元，就是两万四，成本才240元呢。加上前几天赚的九千多，再加上方便面，这次雪灾中起码可以赚五到六万块，这种生意天底下哪里去找哟。

辉崽看看天，漫天的雪花还在飘舞着，天寒地冻，他嘿嘿笑了一下，真得感谢这场雪。高速公路上堵满了车辆，有的已经堵了十来天，水、食物全都没有，靠的是当地政府和单位送，但是哪里能送得了这么多。第一天，高速公路周围的人们就开始到路上去卖水和食物，跟火车上一个价，矿泉水两块钱一瓶，到第三天，矿泉水就猛涨到50元一瓶了，方便面卖到了60元。

除了老婆、儿子和父亲，辉崽把两个小舅子也叫来帮忙卖东西。

父亲说："辉崽，水卖50块，方便面卖60块是不是过分了？"

辉崽看了父亲一眼："爸，怎么叫做过分呢？他们困在那里没吃没喝，不给他们送就会生病，或者渴死，饿死，哪能行呢？我们这是做好事。你看我去把这些东西弄进来，也不容易啊，脸摔烂了，腰摔伤了，昨天还差点被一辆打滑的车撞着。"

老婆说："贵是贵了点，怕人家说闲话呢。"

辉崽眼睛一瞪："什么贵不贵的，又不是我们一家这么卖。我们这一个山沟沟的小店，一年能挣多少钱？八千块到顶了，不抓住这个机会弄他几万块，以后就没机会的了，你不见电视上说的，50年一遇吗？我们这叫做抓住机遇。说什么说，我帮了大家，说不定电视里还给我戴大红花呢。大家记着，这个价格防线不能松。"

6个人穿着雨衣到公路上去，每个人的靴子上都缠着防滑的稻草绳，脚下的冰雪咯吱咯吱作响。

虽然天寒地冻，但辉崽却感觉不到冷意。他劲大，吃得苦，走得也快，一会儿就把背来的一箱水和十桶方便面卖完了。于是，他又回去取了一趟，很快又卖完了。

辉崽取来第三趟时，其余的人也卖完了第二趟，两个小舅子非常高兴，只有他老婆脸上看不出什么表情。

辉崽登上一辆大巴，这次他看到几乎全是孩子，一共只有4个大人，其中两个司机，一个年轻女孩子，一个老太太。他数了一下，足足有32个孩子。

大人孩子的脸上都写满了疲惫，有的在睡觉，有的在被窝里睁着眼睛看着他，见他拿出水来，大家的眼睛顿时亮了。

“我想喝水。”一个小女孩说。

辉崽看了她一眼，心里颤了一下，那双眼睛太像女儿秀秀了，很可爱。

“我饿了，要方便面，要水喝。”另一个孩子说。

大人孩子全都醒了，一个个睁开了眼睛。其实，刚才大家也没有睡着，只是实在太困，饥饿、寒冷、口渴使他们连抬眼皮的力气都几乎没有了。那个年轻女孩看看孩子们，掏出钱包，请问这水多少钱一瓶？辉崽看着她这个动作就高兴，“50块”，辉崽告诉自已，无论如何，这个50元的价格防线不能松。年轻女孩为难地看了看他，又看了看孩子们，你看能不能便宜点，我这只剩下唯一的100块钱了，你就给我们三桶方便面，三瓶矿泉水。孩子们又饿又渴，快顶不住了。

“那不行，得三百多呢。”

“真的，我们已经在这里困了八天八夜，所有的钱都花光了，现在就只剩下这100块钱。”

“那不行，相差太远了，你们大家凑一凑。”一个胖胖的孩子眼巴巴地望着辉崽：“叔叔，你就给我们吧，我们十个人一瓶，每人只喝一小口。”辉崽的心差点被这个孩子的眼神和说话打动了，他想，车上的人真的是没钱了。

要在平时，辉崽真的会说算了，给你们每人一瓶吧。可是，他转念一想，心肠不狠点，哪能赚到钱呢？坚持下去就是胜利，就是利益。

这时，一个司机走了过来："大哥，我们真的没有一分钱了，你看，全是孩子，他们身上没带钱。都是去广州看爸爸妈妈的，我们送的人身上的钱这几天也花光了。"司机拿出钱包里里外外翻了一遍，表示真的没钱了。

辉崽心说，你越是做这个动作，越说明你藏了钱，想骗我，没门。

要是真的没钱，我也没办法，我只好到前面的车上卖去。辉崽硬了硬心肠，看了司机一眼，转身下车。

"等等。"这时，那个年轻女孩走了过来，她掏出一张卡片，这是我的身份证，我把它押在你这里，你先把东西赊给我们总行吧？回去之后，我一定给你寄钱过来，再加倍都行。

"那不行，我哪知道你的身份证是真的还是假的？"

这时，那个老太太说话了："同志，你就行行好吧，小姑娘并不认识这些孩子，也不认识我们，只是搭车的，这几天她为了这些不相识的孩子把身上的五千多块钱都花光了。"辉崽看看老太太，和母亲差不多，70岁的样子。心想，老太太一大把年纪了怎么受得了这种罪？

他犹豫了一下，卖不卖？很快他又告诉自己，不能心软，心一软，价格防线一松，几万块钱就泡汤了。

他下了车，正要往前走，突然，眼前一晃，只见那个年轻女孩一下跪在雪地里："求求你，救救这些孩子们。"

辉崽没有想到她会这样，吃了一惊，说："你起来，快起来，不要这样好不好？"

这时，两个司机也下来了，大哥，我们几个大人一起给你跪下了，求你帮帮这些孩子，他们两天没有吃东西了。

辉崽看了看车上，车窗上一双双疲惫而又无助的眼睛正望着自己，有几个正往车下面爬。他心里觉得有些酸，有点动情地说："你们起来回车上去吧，外面太冷，可别冻着了。"

说话间，老太太也下来了，我老婆子也给你跪下了。

辉崽大吃一惊，心头一热，赶紧伸手去扶住，不让老人跪下："大妈，要不得，千万要不得！快回车上吧，外面太冷。”

他将老太太扶上车，扶她到座位上坐好。

辉崽的价格防线这时彻底崩溃了：“你们都上车吧，快点上车来吧？为了这些不相识的孩子，你们都这样做了。再不帮你们，我辉崽还是人吗?”

辉崽放下所有的东西：“这些水和方便面，我送给大家。饿了的先吃点，大家别急，我再回去拿点热水和方便面过来。”

辉崽找到小舅子和父亲，告诉他们，水和方便面全都送给困在高速路上的困难旅客，分文不收。

“姐夫，想不到你的价格防线最先松下来，街上的小贩说是跳楼价，你这个从50元到一分不收，可能是比楼还高的庐山瀑布价了。”小舅子开了句玩笑。

辉崽瞪了小舅了一眼，没有理会他。

“你炒几个菜，车上的孩子多，得多炒点，我再去借个炉子烧点开水，一会儿，我们给他们送点热饭、热菜和开水去，真的是太可怜了。”辉崽对老婆说。

悟空应聘

唐僧与悟空他们师徒下海创办了一个公司，由于唐僧不善管理，公司很快破产，师徒四人于是失业。

悟空一日在街头看到一则招聘保安的广告，于是，扯了广告一个筋斗云就到了招聘保安的公司门口。

只见门外人山人海，想不到一个保安的位子竟然有这么多人前来竞争。

悟空只好站在队伍的后面去排队，到了下午4点，悟空好不容易来到应聘的桌子跟前，只见一位年轻男士伸出手来。

悟空问："什么？"

那位男士说："证件。"

"什么证件？"

"你的毕业证。"

悟空想不到当个保安还要毕业证，并且是本科学历。不由得大失所望，自己哪里有什么本科毕业证，从石头里出来后先在花果山做猴王，后在五指山下就被压了500年，被唐僧救出来之后，一路保护他西天取经，何曾读过半天的书？

"我没有毕业证，但是，我有高强的武功，我会七十二般变化，保护唐僧西天取经时曾经一路降妖伏魔。保安这个职业我能胜任。"

"没有毕业证，是不行的，这是我们一个硬性的规定，你看看。"

年轻人用手向大厅里一个电子屏幕一指，果然，悟空见到了一行字，"学历要求：大学本科。"

"你两手空空来应什么聘呢？"

“连简历也没有，工作证明更是没有，考核的情况也查不到。像你这样的情况我们怎么录用你，凭什么证明你的能力呢?”

“这个很简单啊，只要把应聘的人叫到外面去比试一下就行了，用实际行动证明自己的能力就是最好的方式了，你们不是说一切从实际出发吗?”

年轻人乜了他一眼：“说得倒轻巧，录用是严格按照相关程序走的，并且经过了会议审定，最后由董事会决定下来的，你以为就你想象的那么简单，想改就改，想变就变?”

悟空正想着，年轻人已经不耐烦的向他说了句：“让一让，下一位。”

悟空只好从队伍里出来，站到一边。

唉声叹气地回到住处，这时只见猪八戒兴高采烈地跑了回来。

“呵呵，聘上了，聘上了，我被聘上了。”

悟空打开八戒手中的聘书一看，正是刚才自己前去应聘的那家公司，上面写着合约，八戒还在上面签了字，按了红红的手印。

“你是怎么聘上的，我都没有聘上。”

“猴哥，这你就不懂了，你功夫比我好，可是你没有这个呢。”

八戒从衣服里取出一个红本本——《九天大学毕业证书》：“我是天上的天蓬元帅，当年在这个学校脱产学习过两年，想不到这次派上了用场。”

再过了一会儿，沙僧也喜颠颠地回来了，原来，他也在这家公司应聘了保安。

悟空一了解，原来沙僧是天上的卷帘大将，也曾读过书，有一本《广寒大学毕业证书》，很顺利地聘上了。

悟空心里不由得非常沮丧，师兄弟三个，论功夫自己最好，却唯独自己没有聘上。

唐僧看到悟空闷闷不乐的样子，心里不由生了恻隐之心，对悟空说：“悟空，没聘上也不要紧。还有其他岗位呢，也许那些岗位不要毕业证的。”

悟空怏怏的说：“我们师兄弟三人在一起惯了，再说，我的能力也只适合做保安。”

唐僧这时忽然对悟空笑了起来："哎呀，我差点忘了一个人，菩萨，她说不定可以帮上你的忙呢。你快去找找她，求她帮帮忙，她这么欣赏你，说不定会想法子帮你的。"

悟空于是来到观世音菩萨跟前，把应聘的事情跟菩萨作了汇报，并谈了自己的想法。

菩萨果然乐意帮忙："悟空，就这点小事还把你愁成这样，当年大闹天宫的劲头哪去了？"

"菩萨莫笑我，快点帮忙吧，我都急死了。"

"若换了别人，这个口子我是不会开的，可是，你是悟空嘛，就特殊考虑一下好了。你去应聘的这家公司是王母娘娘的一个远房亲戚开的，正好跟我有点不错的私交。一会儿我打个电话去，应该没问题，改天你上班去就是了。"

"可是，菩萨，公司说这是严格按程序来操作的。"

"你这猴子，什么程序不程序的？程序还不是人订出来的，程序也看看对什么人才有用嘛，这么多年了，你呀还是没有进步，在灵活性方面，悟空，你可得向八戒学习了。"

果然，第二天上午，悟空就接到了公司正式聘用他为保安的通知书。

重要工作

部长感觉今天的心情很好，他来到办公室，宽大的办公桌上早已放着一杯泡好的绿茶。他打开杯盖，一股清新的香味扑鼻而来。他轻轻呷了一口，放下杯子。

翻了一下桌上，当天的报纸还没有送来，也没有新的文件可签。今天上哪去呢？部长有点比较闲的感觉。突然，他想到，很久没有去官屯村了，于是，他打了个电话给秘书，今天到官屯村去，你联系一下南坪乡的党委书记，叫他十点在村里等我们，有几项重要的工作要布置。

9点40分，部长带着秘书准时出发了，25分钟后，他们来到南坪乡的官屯村。南坪乡党委书记司马成早已站在村部大门口等着，车子刚停下，他立即紧赶几步满脸笑容地上前打开车门，待部长下车后紧紧握住部长的双手。

一会儿，就到了会议室，大家一个个掏出笔记本，司马成先把乡里近段时间的工作作了一个简单的介绍。然后说："今天部长百忙之中抽出时间到我们南坪乡官屯村来，是对我们南坪人民的关怀，更是对官屯村群众的关怀，下面我们就请部长为我们作指示，指导我们今后的工作。"

部长打开那个随身携带的杯子喝了一口绿茶，轻轻咳了一声："同志们，大家这段时间辛苦了！我今天来这里主要是三个事情，第一呢，现在是非常时期啊，天干物燥，很容易发生火灾，前几天县委还召开了专门的会议，要求各地一定要严防死守，防止火灾的发生。切记，切记，这是当前最重要的一项工作，我拜托大家丝毫不要大意。第二呢，是稳定，安全稳定是大事，马上就要过年了，出不得事呀，同志们！出了事情，我们大家都不能安心过年……这第三呢，是安全生产，一定要保证安全生产，这是关系到人民群众生命财产安全的大事情，万万不可掉以轻心……”

部长侃侃而谈，从防火到稳定，从稳定到安全生产，把每一项工作的重要性都上升到了非常重要的高度，并且一再语重心长地要求同志们一定要牢牢记住，切实做好这些工作。

村主任皱了下眉头：“这些话，部长已经在这里说过三次了。”

部长说完，司马成又接着说道：“部长今天的讲话很重要，为我们下一阶段的工作明确了方向，这充分体现了领导对我们的关心，我们一定要不折不扣地抓紧落实，创新方式，创造特色，努力完成好各项任务。”

吃饭时，部长非常高兴，仅与乡里的美女干部罗晓莉就连干了三杯白酒，还与另外的人们一一单挑。大家喝得热火朝天，对部长的酒量不由得万分钦佩。吃完饭，部长和大伙儿在休息房间里亲切聊天。

部长忽然说：“打个电话给荷塘乡的书记杜国平和乡长华春秋，要他们过来吃晚饭，五点半，准时，叫他们一定要来，我有一件非常重要的事情要跟他商量，让他们再带两个美女过来。”

司马成赶紧打了个电话过去。杜国平说正在各个村子巡查，与干部们一道为群众做防火宣传动员，不一定有空。

华春秋说正在与一名客商洽谈，正是招商引资的关键时候，估计也走不开。

部长听到汇报后，说：“什么不一定有空？我在这里，他还不要来陪陪我？叫他无论如何过来一趟。”

部长让司马成接通电话：“国平呀，在忙着防火呀，好，好，工作就得这样做啊，扎扎实实地干。不过今晚你还是过来这边，有个非常重要的事情，我得跟你们说说啊，可不能耽误了。”

隔一阵，部长又说：“打电话给供电公司的罗经理，要他也过来吃晚饭。有一个很重要的工作需要协调好。”

一会儿，部长向大伙儿挥挥手：“你们也去休息吧，我休息一会。”

下午五点半，大伙儿都赶到了，秘书轻轻打开门，看看部长还在休息，就轻轻地退出来了，向大伙儿挥挥手，示意大家别打扰他。

有人提议叫醒他，司马成说：“不行，看看饭熟了没有，如果熟了，就叫他，如果没熟，就让他多睡一会儿，打扰领导的休息不好。”

六点钟，部长还在睡。

六点半，部长的眼睛还是没有睁开。这时罗经理说：“要不进去叫醒他吧？”

司马成说：“算了，应该快醒了，再等一会儿。”

村部很小，一下子来了这么多人，就显得挤起来，坐也没地方坐，大家就纷纷站在走廊里。

做好的菜，冷了又热，热了又冷。大家的肚子却早已饿得咕咕作响。

七点半，部长终于醒了，打开门，看到门外一下子站了这么多人，不禁吃了一惊。随即问道：“你们大伙儿怎么一下子都到这里来了？”

杜国平连忙上前握住部长的手：“部长，我和华春秋都按照您的指示赶过来了，谢谢您对我们的关心啊！”

罗经理也上前握着部长的手说：“部长，我也遵照您的指示来了。”部长点点头：“好啊！来了就好。”

听了这话，忽然，他侧过身来，有些吃惊地问秘书：“是我让他们来的？”

大家异口同声地说：“是呀，我们都是部长叫来的。”

部长爽朗一笑：“呵呵，今天真的是太高兴了，喝得有点高，真是有点高。”

“部长您还说，叫我们过来有一项重要的工作得跟我和春秋指示。”杜国平说。

“对，您还跟我说有一个重要的事情要协调。”罗经理也说道。

“呵呵，在这关键时期，我把你们叫过来干什么呢？啊，就是让你们大家也来高兴高兴啊！要保持快乐的心境嘛，难道这不重要吗？”

“是啊，快乐的心情是做好工作的一个重要前提，这比什么都重要。”司马成笑起来，大家也笑起来，迈着轻松的步子向餐厅走去。

婚姻物语

一

发改委男士：亲爱的，经过这么多年的辛苦努力，现在我们终于把结婚提到了议事日程，明天我就去做一个可行性报告，放到我老爸老妈那儿，看能不能立项。

恋人：万一你老爸老妈不同意立项怎么办？

发改委男士：那没关系。这20多年，我对我老爸老妈算是摸透了，他们有什么爱好我最清楚，老爸喜欢喝酒，老妈喜欢首饰。现在这年代，想不花钱就立项的事情是没有的。明天我就给我爸弄两瓶五粮液，给我老妈买一条金项链去，还怕他们不给我立项？

恋人：亲爱的，你真有办法，真不愧是发改委的，那项目经费可得多弄点。

发改委男士：那当然，结婚项目经费都由他们负责，否则就不用立项了。我猜想，我们这花个几千块的，起码也能拿下个几万或者十万元来。

二

组织部女士：亲爱的，经过我老爸老妈以及我兄弟姐妹的民主评议、个别谈话、社会走访等严格考察，你顺利入围了。

恋人：什么叫入围了？

组织部女士：按照干部选拔任用的有关程序，我老爸老妈给我拟定了三个候选人，你是其中一个，要经过选优汰劣，实行三选一的最后程序。后天，你们三个人同时到我家里，去接受面试。

恋人：那不行，万一我面试过不了怎么办？婚事不就黄了？你们得取消这个程序。

组织部女士：不会，你一定会成功的，我老妈最喜欢我，我最喜欢你，我今天晚上就去我老妈那儿，弄几道面试题给你，她可是这次本小姐婚姻命题委员会的两个主要成员之一呢。

三

人事劳动局男士：现在编制很紧，婚姻上只有一个编，咱们哪天赶紧去给你上编吧，你要知道，你的编不上，还有一个编制就没法上啊。

恋人：什么？除了我，你还想再上一个编。

人事劳动局男士：那当然，过去是越多越好，现在只能再上一个了。

恋人：那你就直接上那人的编吧。(生气)

人事劳动局男士：亲爱的，你不上，那人没法上啊，那是咱们的孩子，你的编不上，咱没法要他呢。

恋人：这还差不多。(破涕为笑)

四

物价局女士：在结婚前，我算算看，咱们得先把婚姻价格定下来，既不能太低，也不能太高了。

恋人：那要看你拿什么作参照系了。

物价局女士：以你爸你妈的工资作为参照系，看看他们能一次拿出多少，太少了，便宜了他们，太多了，以后他们的生活费还得我们掏，所以一定要搞一个合理价格。不能加重人民群众的生活负担。

恋人：那就这样定，我先回家作个调查吧。

五

宣传部男士：亲爱的，结婚是件大事，我们得好好宣传一下吧，最起码也得做到电视中有影，广播里有声，报纸上有文。

恋人：有这个必要吗？

宣传部男士：当然有，现在这个时代，只有宣传才能产生轰动效应啊。离开了宣传，就什么也没有了。你不见领导去村里吃顿饭打打牙祭的时候，顺便给那个老人送个红包也上电视么？咱们这是真正的生活当中的大事了，一定得好好宣传一下。

恋人：呵呵，好，就听你的。

六

司法局女士：亲爱的，我们马上就要从恋爱进入司法程序了，其他的内容是不是也进入到司法程序？

恋人：什么司法程序？

司法局女士：就是说要结婚了，依照《婚姻法》进行结婚登记，我们才是一家人，这就叫司法程序。

恋人：原来是这样。那还有什么要进入司法程序？

司法局女士：有啊，比如说婚前财产登记，还有验处什么的，再就是我们必须签订一份结婚协议书，在协议上得加进对双方特别对你的约束条款，免得到时说不清楚或者说事前没有声明嘛。既然是司法程序，我们就得严谨点啊。

恋人：无语。

七

交通局男士：亲爱的，我们在婚姻的道路上过去一直坑坑洼洼，先是你哥像个大石块，让我们通不过。好不容易绕过了，你爸妈那儿又像是一个陡坡，弄得我们上不去。好在我们该绕开的地方绕开，该降坡的地方降坡，现在终于要变成坦途了。

恋人：可咱们的交通工具还不行啊。

交通局男士：我不是有一台普通桑塔纳吗？

恋人：你想想，这么好的路，跑这么一台破车也太没精神了吧，多丢人呀。我看，不说换奔驰宝马，最少也得换一辆广州本田什么的。

交通局男士：可是我们哪儿来的钱啊？

恋人：那没办法，好路还得好车跑。否则，那坡不是白降了吗？

八

县委办女士：亲爱的，我们恋爱也有好些年头了，我也基本上想好了，所以今天找你谈话，想听听你对我们的婚姻有什么打算。

恋人：我想，我们还是快点结婚吧。

县委办女士：这个想法很好，我也非常赞同，但是我有一个要求，就是你要时刻要注意学习，一定要保持思想上的与时俱进，用最先进的思想武装头脑。

恋人：那当然，你知道我是最爱学习的了。

县委办女士：错了，我不是说你不爱学习。当前是社会经济快速发展时期，任何领域都具有强烈的竞争。你也要不断增强竞争能力，我的意思是，到时你跟不上时代，那我就来个不换思想就换人。

半夜光明

张贵明老汉看着老伴把最后五颗红薯放进锅里，就离开了灶房，愁容满面地走到晒谷场上。一朵雪花从空中飘下，飘进了他的脖子里，他只觉得脖子上一凉，伸手一摸，不想脚下一滑，弄得他打了几个趔趄，差一点就摔倒在地上。

“这鬼天气。”张老汉不禁骂了一句。

他看了看脚下，厚厚的冰雪结成了硬硬的一块，走在上面咯吱咯吱直响，一不小心就会滑倒。

“老天，这雪要下到什么时候啊?”老汉自语了一句，像在问灰蒙蒙的天，又像在问自己。雪已经下了半个多月了，60 多岁的他还是第一次见到下这么大这么久的雪。大雪把村子里的电线杆大都弄倒弄断了，电线有锄头把那么粗，屋檐上垂下的冰条有四尺多长。

因为没有电，手机的电板没法充，无线电话也打不出去，大家与外面的所有联系都中断了。更让人揪心的是，没有电，仓里的谷子无法碾成米，大家都没有饭吃。刚停电的时候，大家互相借着，可借着借着，大家都没米了。于是，就到地窖里把准备喂猪的红薯拿出来煮着吃，谁知吃到最后，连香芋、脚板薯也都吃了，连明年种的种也没留下。

今天早上，他到地窖里看了看，就剩下这五个红薯了。吃完这几个红薯，他也不知道该吃什么了。

大雪把所有的路都封住了，就是到乡里的 20 里公路，也难于通行。前天，村前的小伙子郭守业说想到集镇上去背一袋米回来，结果走了一天一夜，摔了不知多少跤，好不容易买了半袋米，谁知回来时在桥上摔了一跤，把一只脚给摔断了。

老汉小心地往晒谷场边上走，对着下屋喊了一声："茂才，你家还有红薯么？"

下屋的后门应声而开，一个小伙子走了出来："张叔，我家也没有红薯，今天也断粮了，买回来过年的点心都当饭吃了。"

"唉，我家今天也只剩下五个红薯了，今天还算过得去，明天就不知吃什么了。"

茂才苦笑了一下："家里有粮没饭吃，我还是第一次听说。"

"你看，这雪还在下，也不知什么时候才有个停，再这样下去，明天还不知怎么办呢？这天，难道要饿死人才罢休？"

"张叔，再这样下去，真的是要饿死人了。我听说长发家里，昨天都开始炒谷子吃了，炒得跟爆米花一样，哪能吃得下啊，吃得一家人满嘴血泡，今天喝水都疼。"

"你弟弟回来没有？"老汉问。

"没有呢，好多天没有消息了，电视看不到，电话打不通，愁煞人呢。"

"是啊，我那两个儿子也没有回来，也不知是不是堵在路上，要是堵在路上的话也不知有没有饭吃，唉，怕就怕……"老汉没有把"出车祸"几个字往下说。

"原先屋场里那个石臼不知在哪里？如果这样，我们可以用人力来舂点米吃。"

"那个石臼呀，早多少年就不用了，那天我们也找了，听说多年前建房子时被当作墙脚石，放到地下去了。"

张老汉抬起头看看天，再看看地："唉，这天，这天，真是的。我那两个孙子也放假回来了，正长身体的时候，五个红薯，他们一顿就吃完了。我这么一把年纪了，饿坏了也没什么，可他们两个才十多岁呢。"

"张叔，也别太担心了，总会有办法的。"茂才说这话的时候，连他自己也听得出这是安慰人的话，想了好几天办法了，大家还是一点办法都没有。

"能有什么办法呢？想进来的进来不得，想出去的出去不了。"

“听守业说，县里正准备用飞机向我们这一带投大米和蜡烛呢。”

“像电视里那样用飞机投下来？投到山上、树上的，怎么去拿得到啊？路上的都难捡得回呢。我一个老汉，这个时候上山去，不要说扛米，就是空手也摔死了。”

“怕就怕没有投，如果真的有，大家肯定会帮你带回来的，哪里还用得着你们老人上山。”茂才说。

“就是你们上山去捡，也不容易，雪这么厚，路这么滑，到处是被冰雪压断的竹子和树木，根本走不成。”

“到时总会有办法的，您也别太担心了，外面冷，大叔您还是回屋里去吧。”

老汉回到屋里，拿出两个红薯给了两个孙子，一人一个。自己和老伴两个人一起吃了一个，余下两个他放到了锅里，留着给孩子饿了的时候吃。

下午，老汉早早地躺下了，没有灯，没有蜡烛，村子里的人每天都睡得早。但是却无法入睡，肚子饿得“咕咕”叫，有一种难以说出来的难受的感觉，这种感觉他还是在三年困难时期感受过呢。

半夜里，老汉听得门前的路上有人说话，接着看到窗外有电筒在晃。再后来就听到禾场上有人说话和人走在上面咯吱咯吱的声音。

“贵明叔，开开门。”老汉听出是村里的李会计在拍门。

“李会计，大雪天这么晚了你怎么来了？”张老汉问了一句。

“是乡里的干部给你送米来了。”

老汉听了，心里非常激动，赶紧起来打开大门，光线里，只见李会计带着一个小伙子站在门口，身上沾满了泥水和冰碴：“大叔，这是乡里的何所长，特意给你和大家送米来的。”

“快请进来坐，快请进来坐。”老汉伸过手去紧紧握住了何所长的手。

何所长说：“大叔，这是十斤米，两支蜡烛，先让大伙儿度度日，万一不行，过两天乡里再想办法送。今天没时间坐了，我们还得继续送粮食呢，大家都等着要吃啊！”

老汉这时才知道，乡里组织了五个送粮小组往山上送粮食。昨天开始送，经过两天一夜，到今天晚上才把粮食运到山上，送到农户手中。为了送粮，乡里的贺委员还摔了一跌，头上磕出一个洞，住进了医院。

看着手电筒的光在夜空中闪烁，渐渐消失在黑暗中，老汉回到屋里，用打火机点燃一支蜡烛，久违了的光明将屋子照得亮堂起来，刹那间，老汉的心里也亮堂起来。

惩 戒

万载黄茅的“五百钱”功夫是不敢轻易传人的，因为师傅收了这个徒弟，就意味着要承担相当的责任，一旦徒弟在外面犯下错误，利用功夫闯下祸根，就会有行内的高手出面追究，并进行惩罚，并且一直惩罚到师傅。那不是一般的挑战，而是一种寻仇式的暗害，意味着师傅与徒弟将惶惶不可终日，不知什么时候大祸会突然降临。

施予惩罚的和被惩罚人往往从未相识，但因为施予惩罚的人往往是寻着踪迹而来，所以往往是一明一暗，受惩罚者防不胜防。犯错的徒弟付出的常常是生命的代价，师傅付出的代价常常是终生残废和武功的废除。决斗只是一眨眼的工夫，人们往往还没看出什么痕迹，胜负已见分晓。或一人倒下一人悄然离去；或两人双双死在当地；也有的两人均身受重伤。

也许是这门功夫太过霸道和恐怖，所以立下了这个规矩，使它有了一个正义的约束。从这门功夫诞生之日起，就没有人敢于轻易授徒。授徒之前往往对所学之人要进行长时间的观察，所谓“寻徒三年”说的就是这个。必须是品行绝对端正，性格温和的人才可以学习。

尽管这样，还有人功夫练成后不仅不匡扶正义，反而恃强凌弱，铸成大错。

雍正年间，一个叫做王成义的，师从黄茅王宽远练习“五百钱”功夫，尽得老爷子真传。

刚开始的时候，碍于老爷子的规矩，王成义没有做出有违师门的事情，王宽远老爷子也没听到什么。但是到了第三年，王成义做生意的弟弟王成仁在安徽凤阳与人发生矛盾时打了架，王成仁吃了亏。回来家里跟王成义一说，王成义第二天就悄悄地出发前往安徽。

来到凤阳，王成义找到参与殴打弟弟的人，其中一个被他施予了“阎王钱”，第五天晚上就失去了性命，其余的一个被他施予“小鬼钱”，半个月后即出现了半身不遂的情况，到处求医问药也不见效。

三个月后他们的家人和他们自己才知道都是被人用“五百钱”功夫所伤。于是，火速派人前往江西万载黄茅寻求帮助，希望能将其余几个人医好。

王宽远听到这事时大吃一惊，竟然会有这种事情出现，用“五百钱”功夫寻仇伤人，取人性命。当他听到是王成义所为时，不由一下跌坐在凳子上。他知道，如果不及时采取措施，将来不知还会出现什么情况。

王宽远立即去找王成义，但是，人们却告诉他，几个月前，王成义就外出做生意去了。

“什么做生意，就是寻仇去了。”

“什么？寻仇去了！”人们大吃一惊。

第二天，王宽远就带上行第踏上了前往安徽的路途。一个年近70岁的老人，在这时候还要出远门，跋涉千里之遥，在那时是件很不容易的事。而且，路上还随时有按照规矩前来惩罚他的高手，可以说，一路上危机四伏。

走出万载踏上上高县的土地时，王宽远不由得老泪纵横，想不到因一时失察，轻易授徒，造成了今天流落异国他乡的结果。

来到凤阳，他先找到几个受伤残废的人，王宽远一一加以救治，直到他们全部痊愈之后，才背起行囊离开。临走，他再次来到那位已经命丧王成义之手的人的墓前，跪地行礼，表示歉意。

看到他们一个个都恢复了健康，王宽远的心稍稍得到了些安慰。然而，王成义现在在哪里，不找到他，他的这颗心永远也别想得到安宁。要知道，此时，不知有多少高手正盯着他们两个，随时都有可能出手加以惩戒。

他顾不上这些，辗转三年，历经湖北、湖南、河南等省，始终没有找到王成义。

奇怪的是，一路上都没有人对他施行惩戒，那年冬天，王宽远想，如果再过一个月找不到王成义的话，也许就真的找不到了，自己就自行了断吧，这样也好对武林同道有个交代。

那天晚上，王宽远发现窗户下面一个黑影一闪，随即他在窗户下面发现了一张纸条，纸条告诉他，王成义就在离家不远的瑞州。纸条同时还告诉了王宽远，他的猜测没错，一路上都有各路高手在跟着自己。

王宽远于是连夜赶往瑞州，一个月后在瑞州一个山村里见到了正在给人劈柴的王成义。

见到王宽远，王成义的脸霎时白了，他知道，今天他再也无法逃脱师傅的惩戒了。

“畜生，你还要躲吗？”王宽远走上前去就用力打了他一个耳光。

“我错了。”王成义跪在地上哭了起来，“我真的知道错了。”

王宽远这时看到王成义的两手食指都已经不见了，像是被刀切掉了一样。

“你的手指怎么回事？”王宽远厉声问道。

“是我自己切掉的，我恨自己做错事了，但没有后悔药吃，为了表示我的悔意，就把手指切掉了。从今往后再也不用这种功夫。”

“既然后悔，为什么不回家，等待惩戒。”

“我怕，我不知道那些高手们会怎么样对付我。”王成义泪流满面地说。

“你出手伤人的时候就不怕了吗？”

“当时，我也想过，但是，那时寻仇的想法远胜过怕的念头。铸成大错后我本想回去医治他们的，但是，我怕回去后被他们乱刀砍死，所以就不敢去了。”

“今天，你就接受祖师爷留下来的惩戒吧。”王宽远举起了右手，泪水一下子涌出了眼眶，“别怨我，只怪你自己为非作歹。”

“爷爷，你就放了我吧，我真的知道错了。”王成义一把抱住了王宽远的腿。

王宽远将力量凝聚在右手，用力向王成义的背上拍去，王成义一下倒在地上：“也罢，我将你的武功除了，省得你今后再害人。”

然后，王宽远朗声说：“各位江湖朋友，是我王宽远有眼无珠，所授非人，今天，我就在这里向各位道义上的朋友谢罪了。”

说完，王宽远就将右手食指中指叉开，用力向两眼刺去。

“王师傅，且慢。”一个声音朗声说道，“贵徒虽铸成大错，但已经悔改，惩戒已施，王老师重仁义守信用，我们都已看到，对你自己的惩戒就免了。”

王宽远回头一看，一个鹤发童颜的老者已经来到身边。

“不行，师门规矩，不能因我王宽远而破。”王宽远用力一掌击向自己的胸前，那是开山裂碑的混元掌，只要击上，断无生存的可能。

老者用手轻轻一拨，将他的力量化解：“王师傅，要珍重自己的生命啊，我们活这70多岁可不容易。”

“多谢!”王宽远忽然间全身用力一晃，只听“喀喇”一声响。

“我已将自身的琵琶骨断掉，从此成为废人，失去武功。各位朋友后会有期。”

王宽远的声音在山间回响。

领导就是效率

我们这个村子有两样东西全省出名：一是出了名的穷，一家人只有两条裤子的故事就出在我们村；二是出了名的会读书，30 年里出了五个清华生，两个北大生，还有20 多个本科生。

去年开始，村主任王小兵创造了一句名言，“领导就是效率”，这是近两年来村里出名的第三样东西。王小兵在我们村担任村支书也有些年头了，一直得到乡亲们的拥护，每次选，一选就准是他，另外的人来参选，别说二分之一过半，就是五分之一的票也达不到，为的是啥呢？不是王小兵会哄了，而是他这人特实在，大伙儿喜欢。

那年村里想修一条水泥路，也不算很长，6 公里上山的路，向乡里打了报告，可就是得不到批准，后来听说要县里的发改委立项才行。于是，王小兵就向发改委又打了个修路的报告。结果，啥也没批下来，去乡里问，乡里说县里没有立项，去县里问，县里说资金紧张，反正就是两个字一句话：不批。这一来王小兵没辙了，回到村里请到有名的智囊人物高半神出主意，高半神晃了晃脑袋，这个东西不怪他们，是我们没过尽门槛，得送点礼啊。

王小兵恍然大悟，是啊，怎么就忘了送礼呢？于是，赶忙让村里的干部门准备礼物，还除了鸡鸭还有狗肉，送过去的时候，几位办事的人都说，我们想想办法，一定想想办法。可是，半年过去了，一年过去了，两年过去了，三年过去了，办法始终没有想出来。王小兵打了三年的报告，那条路还是黄泥巴路。

那天王小兵在乡里开会，散会后的空闲里就听到有人说，省委薛书记一个月后要到村里来，并且是他亲自点名要到这个出了 7 名清华北大生的村子去看看。

王小兵听了后，心里就有点慌，省委书记去看，看什么呢，山清水秀，鸡鸭成群这倒是真的，要真看那几个大学生的家，可就惨了，破烂得不成样子。正是因为穷，所以村里的孩子拼了命地读书啊，读了书之后就再也不用回到这里来了。所以这里的孩子一个个成绩都好，八十年代考出去几个后，家里的父母就说："要想不待在这里，你们就读书吧，像某某人那样，用功。"这话还真管用，比什么理论都有效，孩子们从小学开始就拼上小命了，成绩能不上去？

回去的路上，王小兵心里一乐，来吧，让省里的书记也受受这苦，省得你们不给我修路。

几天后，王小兵正在村里做因为吵架而闹离婚的吴水良两口子的工作，忽然听到外面来了一辆吉普车，乡里的李副乡长跑了下来："王小兵，王小兵，告诉你个好消息，你们这要修路了。"

"李乡长，你这玩笑也开得太大了吧，你当我王小兵是傻瓜啊？我才不相信你这话呢。"王小兵以为李副乡长在忽悠自己。

"真的，谁骗你了，后面测量的队伍马上就到。"

"你大白天说梦话去吧。"王小兵怪笑了一下，指了指面前一条大黄狗，"你问问它信不信。"

"唉，你怎么不信呢，我要骗你，我就是它。"李副乡长指着那条黄狗说。

王小兵觉得他真的不像是开玩笑的样子，就问："你说什么？"

"我要骗了你，我就是它。"李副乡长再次重复了一遍。

"今年我们再也没提修路的事了，怎么会啊？"王小兵还是有些不相信。

果然，一会儿又来了一辆越野车，几个拿着标杆、仪器的技术人员下来了。

只听一个带队模样的人说："大家快点，任务重，时间紧，后天就得开工，我们今天就要测量好，明天得拿出一个预算来。搞不好，大伙儿都得挨骂去。"

一伙人连水也顾不上喝，就开始工作了。

第三天，几台挖掘机就同时开进这里，轰隆轰隆的日夜不停地挖开了，其余的施工队伍也大批地开了进来，爆破声也不时传来，一车又一车的沙石被运来放到路边，堆得像馒头似的，水泥码在路旁的简易工棚里，整整齐齐，像是厚实的城墙。

几公里长的路来了几支队伍，一支队伍就那么一小截，挖掘机、装载机、推土机、压路机一台台像在比赛似的，短短的公路上车水马龙，热火朝天。

乡里的胡书记、朱乡长每天来看一次，看到哪儿的进度慢，乡里的领导就皱眉头，就过问情况，马上打电话想办法解决。

县里的领导也赶趟似的来了一拨又一拨，来了就问包工头，还得多少天？

包工头一笑，满有把握地说："时间还来得及。"听了这话，县领导就点头表示赞许。

市里的领导呢，今天这个走了，明天那个又来了。来了就问县里的领导："能按时完成吗？"

县里的领导就说："没问题，一定能够如期完工。"

不到30天，一条崭新的水泥路就出现在村子里，展示在村民们面前。第42天，省委薛书记来到了村子里。

每天早上起来，看到那条崭新而又平整的水泥路，大家都觉得像是在做梦：怎么会呢？这么快就修了一条水泥路。

王小兵有时看人们觉得不可思议的样子，就说："你们呀就是不善于总结，薛书记不来，这路能修吗？能这么快修吗？不能，做梦也没这么快，这就叫'领导就是效率'比做梦还快的效率。"

说完就与大伙儿哈哈大笑起来。

生命之光

罗华枫踏着冰碴一路巡查过去，脚下发出咯吱咯吱的声音，一不小心，人就可能被滑倒，滚下深深的山窝。路旁的树木被冰冻压得匍匐在路上，他时而猫着腰从弯着腰的树下钻过去，时而从倒在路上的树上跨过去。树上的冰雪不时落到脖子里，落到脸上，冰得让人直打寒战。

在这莽莽大山里，天气出奇的冷，气温低到零下10℃，从嘴里呵出来的气体立即就结成了小小的冰粒。雾出奇的大，相邻的两个电线杆塔之间相互看不到，从这一个杆塔离开之后，得找到下一个，因为对这带不够熟悉，只能凭感觉一路走下去，中途虽走错了几次，但巡查总算比较顺利。

出来多少个小时了，罗华枫没有去想，也没有掏出手机看看，他只想到自己作为一名电工，作为一名“光明使者”的职责就是快点把线路巡查完成，尽快发现和解决问题，恢复供电，这样受灾的群众就不会在黑暗中度日，就可以用电取暖，而不会受冻了。

饿了，罗华枫从电工包里掏出带来的方便面嚼了几口，然后又开始巡查了。

雾越来越大，放眼望去，也只能看见前面两米多的东西，天色越来越暗，视线开始模糊起来。

罗华枫查好10号杆塔时，掏出手机看了看，才发现已经到了下午六点多了，离出发时领导规定的集合时间只有半个多小时。双手都快冻僵了，他往嘴边呵了几口气，暖和了一下两手，收拾好东西，准备往回走。

大雾弥漫，天色很快暗了下来。

往哪个方向走呢，罗华枫这时发觉自己脑子里一片惘然，迷失方向了，他试着往一个方向走了几步，却连自己也不知是不是这个方向。

罗华枫叫了几句，“有人吗？”“老乡，有人吗？”

喊声把旁边几棵树上的冰雪震下来几团。除了听到自己的喊声和树上的冰雪“嗽嗽”落到地上的声音外，山里静得出奇，静得可怕。

他苦笑了一下，山上本来就人烟稀少，几里路才有一户人家，在这冰天雪地里哪里会有人呢？

罗华枫掏出手机，准备给同伴们发信号，告诉他们自己所在位置，让他们给自己指明方向。

让他大吃一惊的是，因为停电，手机在这里根本没有一点信号。

罗华枫只觉一股寒意从心里冒了起来，在这种天气里，如果今晚回不到家里，意味着人将被冻成冰条。

天色已经完全暗了下来。伸手不见五指，是走，还是待在这里等待同事们来救援？罗华枫心里在作出抉择。

如果摸黑走，人生地不熟，走错路，走到更深的山里去怎么办？那时候即使有人前来救援也无法找到自己，已经一天没有好好吃东西了，靠自己目前的体力，如果再往前走，体力消耗大，肯定支持不了多少个小时。

如果留下来，待在这里，同事们也许会沿着杆塔一路找来，找到自己。

万一大家没有来找自己该怎么办？罗华枫心里闪过一个疑问。不，一定会来的，他立即否定了这个疑问，大伙一定会来救自己的。

想到这里，罗华枫坚定而自信地笑了一下。

万籁俱寂，罗华枫在10号杆塔下来回走动着，他感觉气温越来越低，身上越来越冷。电工包里那半块方便面早被他嚼光了，寒冷、饥饿，加上一路艰难跋涉，过度的疲劳，使他好几次几乎睡了过去。

每一次，他都提醒自己，千万不能睡，无论如何也不能睡。

他想到一个办法，用冰来让自己提神，实在困得想睡的时候，他就从地上抓起一把冰往脸上擦，出奇的冰冷，立即让他睡意全无。

夜已经深了，罗华枫这时想到，如果就这样下去，大家来了也发现不了自己。用什么来发出信号呢？

四下里找了一下，什么也没有，地上的树枝全是冰条，根本无法燃着。包里也没有带什么可燃烧的物品。

罗华枫在伸手往衣袋里掏打火机时，突然想到衣服。

他赶紧迅速脱下外衣，再脱下一件内衣，然后再快速穿好其余的衣服，就这短短的几十秒中，他差一点被冻僵。

他将内衣一点一点撕开，一点一点地点燃，火光持续不断地闪着，因为这火光，罗华枫也感觉到一点温暖。

火光在杆塔下闪烁着，穿过大雾，穿过黑暗，向周围传递着一种生命之光。

凌晨两点左右，当紧急救援队伍沿着杆塔一路找过去，在隐约的亮光中找到光明使者罗华枫时，他已经在这种温度下呆了10个多小时，超过了正常状态下人所能承受的9小时的极限。

毛东曹

东曹掾毛玠正在家里喝稀饭的时候，下人通报说五官中郎将曹丕到了。

毛玠立即放下筷子，对夫人说：“快，叫人收拾起来。”说完就要出去迎接曹丕。

谁知刚刚迈出一只左脚，迎面就碰上了进来的曹丕，两人差点额头相撞。

“毛大人，要去哪里啊？”

“啊，听说将军驾临，下官正要前去迎接，想不到这么快就到了，不知将军造访，有什么要紧之事吩咐下官？”

“哪里，哪里，怎么敢吩咐大人，曹丕登门是有事相求于大人啊。”

毛玠心里“咯噔”一响，暗叫了一声，“不好！”

“呵呵，将军哪里话，有事尽管吩咐，下官一定尽力。”

曹丕看了一眼桌上还没来得及收拾的碗筷，心里笑了一声，这个毛玠倒真是个清廉的官，身为东曹掾，手中掌握着选拔任用的大权，却还在喝稀饭度日。听说因为帮助、施舍穷人，有好几次还弄得没有隔夜粮。

“大人这是？”曹丕问道。

“不瞒将军说，家里没有粮食了。”毛玠呵呵一笑。

曹丕随即叫了声：“来呀，回去挑十石上等白米过来，送给毛大人。”

“将军且慢。”毛玠站了起来，“区区家事不必劳烦将军，下官早有准备，邻街的吴二刚刚答应了夫人，下午借我三斗米。将军的好意我心领了，谢谢将军美意！”

“毛大人，你我之间还客气什么啊！您是我的长辈，是我父亲看重的国家司直，是父亲眼里的周昌，您对我曹丕个人也有深恩啊！”

毛玠淡然一笑：“将军，我所做的一切，都只不过是履行我的职责罢了，至于一直建议丞相把你作为继承人，那也纯粹是从国家社稷出发，说不上什么深恩。”

“正因为这样，看到您一家喝稀饭度日，我深感是父亲和我有负于您啊！”。

“将军言重了，言重了，将军亲自造访，敢问是……”

“大人，典军校尉一职现在可有合适人选？”曹丕问。

果然是为典军校尉一职来的。毛玠心里一沉，前不久，典军校尉丁斐因为私易官牛，被人告发，毛玠将他免职下狱，并向曹操要求从重惩处。

“怎么？将军有合适的人选吗？”毛玠问。

“正是，有一个人选，还请大人多多关照。”

“将军这也是为天下计，还客气什么，请问是……”

“孟武。”

“啊——是他。”毛玠吃了一惊，他想了想，“孟武公子好像是将军您的外甥吧？”

“毛大人果然厉害，连他的身份也知道，不错，是我夫人她姐的孩子。年轻，有干劲，办事也利索，我想让他到军队里任个职务，锻炼锻炼。大人您也知道，我家郭夫人自幼被人收养，没有兄弟，只有一个姐姐。她姐姐又很疼孟武这个儿子，因此，要我帮他弄个职务，请大人多多关照。”

毛玠沉吟了一会儿，他知道，曹丕今天是志在必得，作为丞相府的二号人物，今天如果没有一个满意的结果，曹丕是不会罢休的。想到这里，他哈哈一笑：“将军要给谁官职，自给便是啊。”

曹丕想不到一贯谨慎的毛玠会这样说话，应声说道：“不敢。父亲让大人担任东曹掾一职，就是要大人履行选举之责啊，我再自行选任，不合体制。选贤任能，您是父亲最放心的人。”

“呵呵，那是丞相看得起下官。请问将军，当今天下，汉室天子与丞相谁的威信高？”

“当然是我父亲，大人您也曾劝我父亲‘奉天子以令不臣，修耕植，蓄军资，成就霸王之业’。”

“霸业成就时，天下尚且是将军的，区区一个职位，对将军来说，不是小事一桩吗？”

“既如此，大人是答应成就此事了？”曹丕大喜过望。

毛玠摇摇头：“将军此言差矣，天下是天子之天下，也是百姓之天下。百姓安居，则天下平稳，百姓流亡，则烽烟四起。现在天下之所以纷争四起，与当今天子用人不察也有着很大的关系。”

曹丕的脸色暗了下去：“大人的意思是把我比作亡国之人，说我用人会导致国家灭亡？”

“下官不敢。”毛玠看了曹丕一眼，“不过，我想将军应该知道，用人是否得当对治理国家来说是很重要的。齐国用了管仲，则称雄于七国；吴国夫差用了太宰伯嚭，最后导致灭亡。”

“你——”曹丕气得脸色发青，“你别以为一个小小的东曹掾有什么了不起，我回去就说服父亲起用孟武。”

“将军息怒。孟武玩世不恭，不学无术，是一个典型的纨绔子弟，怎么能当此大任？将军若一味起用，我毛玠定当即刻把他罢黜。”

曹丕勃然作色，站了起来：“你敢。如果你真的这样，总有一天，我会砍下你的项上人头。”

毛玠坦然一笑：“将军要取下官的人头，随时都可拿去。请问将军，我在这个位子上，之所以丞相从来没有怪罪于我，人头现在还好好的，是因为什么呢？”

“是因为你恪尽职守，知人善任，清正廉洁。”

“如果下官任用了不该任用的人，万一丞相怪罪下来，我是不是有可能被杀头？”曹丕点点头，脸色稍微缓和了些，“当然，父亲是决不会容许你这样下去的。”

“请问将军，丞相之所以夙兴夜寐，食不安寝，广求天下人才，整农耕，储军备，为的是什么？”

“为的是成就天下大业。”曹丕肯定地回答。

“请问将军，一旦丞相的霸业成就，将有谁来继承？”

“这——”曹丕没有说出下文。

毛玠笑了笑：“那么，将军是希望继承一个安定的天下，还是一个狼烟四起的天下？”

“当然是一个安定的天下。”曹丕脸上的怒气褪了下去。

毛玠激动地站了起来：“既如此，将军，你好糊涂！丞相之所以把选贤任能的重担交给我，就是希望我能发现好的人才，助他成就天下大业。我若在用人上不守原则，自己掉了脑袋且不说，又如何对得起丞相？对得起丞相的继承者将军你呢？”

“毛大人，请你坐下说。”曹丕伸手扶了毛玠一把。

“所以，无论为了丞相，还是为了将军的将来，或者为了我自己。于公于私我都不能答应你。”

曹丕的脸色再次凝重起来，他走到毛玠的面前，站好，恭敬地作了个揖：“毛大人，刚才曹丕无知，多有冒犯，请恕罪！大人今天指教，曹丕定会铭记于心，小侄告辞。”

“好一个毛东曹！”出了大门，曹丕在马上突然间开怀大笑起来。

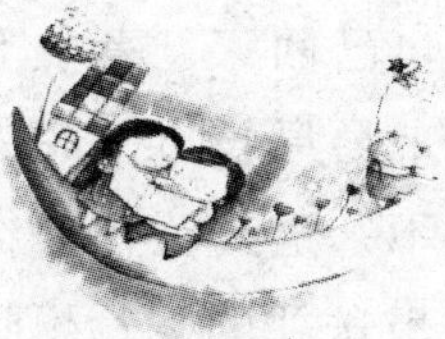

预 约

正月初六，吴局长在赴宴的路上，接到原来的下属周正伟打来的电话：“吴局长您好！我们一家给您拜年了，祝您新年快乐，万事如意！”

“呵呵，老周啊，你好，我也给你拜年，祝你在新的一年里身体健康，合家平安幸福！”

“吴局长，你现在有没有空？我想上您家里来坐坐。”

吴局长知道，正是过年的时候，坐坐就意味着送礼来了。那些下属单位的头头脑脑们来送个礼的时候都说来家里坐坐。

吴局长心说，这老周怎么客气起来了？于是，他也客气起来：“老周啊，我们之间你还客气什么，有事在电话里说说就是了，何必那么客气呢？”

“哎呀，吴局长，这事不是电话里能说得清楚的，我还是过来您家里吧，您有空没有啊？”

吴局长心说，这送礼的事，电话里当然是不能解决的。

“我现在在外面，去吃个中饭，过一会儿我回家里。”

“那行，我过一会儿再打您电话吧。”周正伟挂了电话。

吴局长的心情明显比刚才更加愉快起来，吃饭的时候，笑话一个接着一个，弄得满桌子的人捧腹大笑，有好几人还差点把饭喷到桌子上。

周正伟原来是吴局长手下的一个干部，几年前调到外贸局了。去年8月的一天，两个人在街上碰到，不知怎么聊起了儿子，周正伟说儿子刚刚大学毕业，还没有找到工作，正为这事发愁。吴局长突然想起前不久小舅子曾说他公司里想要找一个工作人员，周正伟儿子所学的专业正好对口。于是，一个电话打过去，小伙子的工作就解决了。

周正伟一家对吴局长感恩戴德。

吃完饭，吴局长让司机赶快送自己回家，妻子上娘家去了，儿子找同学玩去了，就他一个人在家。本来吴局长有午睡的习惯，但现在，他没有睡，坐在椅子上打了个盹。他不知道周正伟什么时候过来，这事又不好问，哪有问人家什么时候来家里送礼的呢？想睡下吧，又怕刚刚脱衣服躺下，那边就来了；你说不睡吧，又怕周正伟没有这么快来。

正想着，门铃响了，吴局长高兴地打开门，只见周正伟两手空空地站在门外，吴局长有些意外地一怔，随即心中一阵窃喜，说："老周来了，欢迎欢迎，好久不见了啊！"

周正伟紧紧握着吴局长的手："好久不见了，好久不见了，新年好！"

两个人亲密地在沙发上坐下，周正伟将右手伸进了左边的上衣袋里。吴局长看到他这个动作，心里一阵莫名的兴奋，他知道，周正伟掏出来的肯定是一个红包。

他正想着如何客套一番并做出一副态度坚定决不收礼的样子的时候，只见周正伟掏出来一包红色的中华烟，撕开包装，递过来一支。

很明显这包烟是刚刚特意买的，吴局长有些意外地接过烟，更加感受到了老周对自己的尊重，他用手指夹着，并没有点燃。

这时，周正伟再次将右手伸进裤袋里，随着他的这个动作，吴局长的心情再次激动起来，他知道，很多人都有把东西放在裤袋里习惯，为的是掏出来方便。

然而，周正伟这次掏出来的却是一个绿色的打火机，他"啪"的一声打着，递到吴局长的眼前。

吴局长感到一阵失落，皱了皱眉头，把头凑上去点着了手中的烟。

两人聊着聊着，眼看有一阵子了，吴局长心不在焉地应答着，老周说的一大堆感激的话，他也没听进去多少句。这时，周正伟又把左手伸进了右边的上衣口袋。吴局长这才记起，周正伟是个左撇子，做什么事习惯用左手的。他的心再次兴奋起来，原来红包放在这边，也不知是多少，也许数目不小呢。

这次，周正伟果然掏出来的是一个白色的信封，厚厚的，鼓鼓的。吴局长一看，果然猜中了，虽不是用红包装的，但用信封也是一些人的习惯。他不知道里面是多少钱，从外面看好像有不少，好像最少也不会低于2000这个数，或者是3000、5000。

吴局长的心里不禁一阵狂喜，他做出很严肃的样子，正要说出批评周正伟的话来。却听周正伟说道："吴局长，我儿子这次回来本想上你家里来拜访一下您，但是正月初二就被他的同事叫走了，来不及过来，初一晚上他写了一封信，让我无论如何要带给您。"

吴局长突然间有些恼火，总觉得受到了周正伟的玩弄似的，他有些悻悻地接过信封，看也没看一眼，就随手放到了茶几上。"老周呀，你儿子也真是，一点小事怎么还记在心上呢？再说也不必写信了，现在都什么时代了，一个电话就解决了嘛。就像你，电话里说几句就是了，怎么非得跑这么远来呢？"

周正伟有些不好意思地说："吴局长，真的，我们一家人太感谢您了！"

吴局长看着他，心里说，也许老周把红包放在衣袋里怕自己不收，像有的人那样等到出门的时候往里面一扔，人就跑了。

周正伟显得有些局促不安，站起来，想走，又坐下，随即又站了起来。

吴局长看着他这个样子，以为他是想送礼又怕自己批评，就说："老周啊，你这是为了什么？有什么不好意思的嘛，想到什么就说什么，想怎么做就怎么做，你这个同志呀怎么还跟过去一样，就是改不了这个犹豫不决的毛病？"

周正伟把左手又伸进左边的裤袋里，这时候，吴局长心里的期望值突然间无限膨大起来，他想：这次，周正伟拿出手来的时候，一定多了一个厚厚的红包。

但这次，周正伟什么也没有掏出来，只伸过来跟他握了一下手："局长，那我走了，您没有什么事了吧？谢谢您！您看，大过年的，我也没带什么东西，就是想跟您聊聊。"

一直到出门，周正伟也没有掏出什么红包一类的东西。

吴局长看着周正伟出了门，坐回到沙发上，心情变得非常糟糕。狠狠骂了句："他妈的，好好的，来坐什么呢？坐就坐一会儿嘛，要这么郑重其事的预约干啥？"

你听到什么了吗

黄明开完会在大街上溜达，漫无目的地四面望望。司机修车去了，刚刚打电话来说可能要到下午才能弄好。想不到这会这么快就开完了，早知道这样就让司机先送自己回去，再过来修车了。

“黄明，看什么呢?”一个清脆的声音突然在耳边响起，把黄明吓了一跳。

回过头去一看，一张姣好的面容出现在眼前：“呵呵，怎么是你啊?柳俏儿。”

柳俏儿是大学时的班花，毕业十二年了，还是没有变，还是那么漂亮。应该说比以前那个丫头片子更加具有了成熟的风韵，对男人更加具有杀伤力。

“老同学，瞧你春风得意的样子，混得挺不错啊，听说你当副局长了？真行啊，你。”柳俏儿笑吟吟地说。

“哪儿啊，比你可差远了，单位又好，又有实业。”黄明知道，柳俏儿现在是市建设局副处级干部，大权在握，是他们班上混得最好的一个。

柳俏儿看了看来来往往的人们：“咱们同学也很久没聊了，见一次面也不容易，咱们上咖啡厅去聊吧。”说完拉起黄明就走。

黄明有些不自在，不过，他转念一想，一个大男人，难道还怕一个女人不成，何况是一个漂亮女人。再说自己跟她又没什么，同学见面聊聊，有什么可怕的。

来到迪欧咖啡，两人找了个偏僻点的位置坐下，一边慢慢地喝咖啡，一边亲切地聊着。

一会儿，进来一个人，黄明一看，是下属单位的一个所长，那人看到他们吃了一惊。随即就转过头去，装作什么也没看到的样子，一会儿就走了。

黄明本想，如果他也是来喝咖啡的话，就打个招呼，跟他介绍一下柳俏儿的身份。但没有来得及，他就走了。

黄明这时的心思就不在聊天上了，他心里有些紧张起来，不知那位所长认不认识柳俏儿，会不会把柳俏儿当作是他的情人什么的，以为他们是一对野鸳鸯。要是那样，可就麻烦了，现在可正是紧要关头啊！

局长刚刚退下来，县里的意见是从三个副局长当中产生一名局长，明处看不出什么，但在暗处，三个都较上了劲。黄明是最有优势的一个，因为他是第一副局长，也是目前局里的负责人。

"怎么了呢？黄明，你好像心不在焉啊。"柳俏儿说。

"没有，没有。"黄明连忙说，生怕她看破自己心里的想法，那样可真的会被她认为是癞蛤蟆想吃天鹅肉。

好不容易，黄明才把悬着的心暂时平静下来，两人又进入了欢快的聊天状态。

这时，一个中年人又上来了，黄明一看，是民政局的老李，几个人看来也是准备进来喝咖啡。

老李也看到了黄明，但看到他们一男一女正投机，也没有过来打招呼，黄明想上前去介绍一下，谁知老李他们一下进了包厢，"呯"的一声把门关上了。

此时，黄明感到如芒在背，如坐针毡。他真后悔刚才鬼使神差跟着柳俏儿进来了。

正紧张着，黄明老婆的一个要好的女同学又上来了，黄明差一点晕了过去，这事要是被那爱吃醋的老婆知道了，可真是一百张嘴也说不清了。

柳俏儿看他额头突然间流出大汗，以为他病了，从桌子上取下餐巾纸就要替黄明擦汗："怎么了？是不是病了？要不要到医院看看？"

黄明慌忙抬手挡住了她，接过餐巾纸自己擦了起来："没什么，突然间有点不舒服，一会儿就好了。"

柳俏儿还是劝他去医院，但黄明无论如何也不去，总说没什么，到街上透透气就好了。

柳俏儿走后，黄明到江边透了口气，总算好多了。

但他依然感到很后悔，可是，有什么办法呢？只好回去看看人家怎么说，到时再看吧。

第二天早上，他回到办公室，在门口就看到打字员罗丽和女干部刘平在悄悄说着什么，见他来了，两人赶紧住了嘴，打开水去了。

黄明心里七上八下，不知她们两个在说什么，总觉得好像在说自己。于是，笑着问道："罗丽，你们说什么呢？聊得这么亲热。"

"黄局长，我们没说啥，在说昨晚打麻将的事情呢。"罗丽匆匆回了他一句。

不知怎么的，上午，黄明觉得单位上今天的人一个个都怪怪的，扎堆聊天的人特别多，好像比平时多了几倍。难道他们真的以为昨天在咖啡厅的是……黄明不敢想下去。

下午，黄明上班时，恰好碰到民政局的老李，他突然间觉得有点心虚起来："老李，上班去吗？"

"是啊，黄局长，你也上班去吧？"

"老李，昨天……"

"啊，黄局长，你是说昨天吧？昨天，我什么也没看到啊！"老李朝他笑笑。

听到老李说话的口气，看到老李的笑，黄明就明白，老李是彻度误解了自己和柳俏儿的关系。

"老李，昨天，其实……"他本想说我跟那个女的仅仅是一般同学。

可老李却急匆匆地走了："黄局，我还有点事，我先走了。"留下黄明一个人呆呆地站在那里。

第二天，黄明有些沉不住气，问罗丽："这几天，你听说什么了吗？"

罗丽诡异地一笑："黄局，发生什么新闻了？说来听听。"

黄明一脸的尴尬："我就是看看你们有什么好听的新闻没有。"

"你听到什么了吗？"黄明一连问了好几个人，大家都回答说，什么也没有听到。

晚上回到家里，黄明也这样问妻子，妻子骂了他一句："神经病。"

一连好些天，黄明都有点神经兮兮地这样问人家，弄得大家都莫名其妙地紧张起来，以为自己犯了什么错，把柄被黄明抓住了。也有说过黄明不是的人，以为黄明知道了什么，故意在问自己。

结果，在考察黄明时，大家都说黄明这人喜欢抓人把柄，心胸狭窄，人家说了他什么，听到后会搞打击报复。

局长的帽子落到了第二副局长杨刚的头上。

这个冬天不太冷

“儿子，妈妈现在就在去火车站的路上，明天早上你就可以见到妈妈了，妈妈也想你。”

章玉芝坐在车里心急如焚，两天里她已经是第六次打车来到广州火车站了。她想，今天无论怎么挤，就是挤死，也要回家过年去。

昨天，她来过三次，凌晨四点、上午九点、下午三点各来过一次，每一次到这里都被那种万人攒动、拥挤不堪的场面吓坏了，逃了回去。今天上午她又来了两次，结果还是那样，她看到，想回家想疯了的人们失去了理智，风雨中人们的衣服全湿了，乱成一团。一排排的武警战士在那里形成隔离带，维持着秩序。人们一次又一次冲击着武警战士组成的人墙，有的人甚至用手中冻得坚硬的矿泉水瓶子砸武警战士的头。

到站了，远远地，章玉芝就看到那种场面还在继续，她付过费，下车取出行李，跟师傅说了声“谢谢”。

快要接近人群的时候，章玉芝觉得里面一阵骚动，接着她看到武警战士举起了一个人，一个女人，被高高地举在人们的头顶上，往前面的隔离带里面的空地中移过去。

一股寒意直上心头，章玉芝不由打了个寒战，这样的场面能进去吗？她犹豫了一下，要不要进去？这时，她看到武警战士又举起了一个妇女，接着有人说：“踩死人了，踩死人了。”

章玉芝咬咬牙，回过头向一辆的士挥了挥手，上车回宾馆去了。

火车站附近的宾馆都人满为患，为了乘火车，她特意在离站稍近的一个宾馆住了下来，十分钟后，章玉芝回到了房间里，她感觉现在还心有余悸，刚才的场面太恐怖了。

她拨通了丈夫的电话，“远辉，也许我真的赶不上回来过年，真对不起！火车站实在是人太多、太乱了，刚才都踩死人了……可是，我又实在是太想你了……”话没有说完，章玉芝就哭了起来。

好一会儿，章玉芝才控制好自己的情绪，她真的是太想家了，听话的儿子每次一接通电话就说：“妈妈，我好想你。”每一次，丈夫凌远辉那带有磁性的男中音在电话里响起的时候，她心里就是有一种来自心理的和生理的兴奋，就仿佛有一个声音在头脑里对她说：“快点过去吧，躺到他宽大的怀里。”她实在太想念自己的丈夫了。

章玉芝抹了一下眼角的泪水：“妈妈好吗？她的腰不好，你别让她太累着。……啊，好，好，那就好。”她一直把婆婆称呼为“妈妈”，婆婆对她实在是好得不能再好了，生孩子坐月子的时候，就连上洗手间，婆婆也会备好一点热水给她洗手，硬是没有让她沾过一丁点冷水。她真的很想看看她老人家。

电话刚挂一会儿，丈夫又打了过来：“玉芝，你在外面也弄点好吃的，好好过个年吧。等天气好了，我请几天假，过来看你。”

她笑了笑说：“好。”

其实，她知道，丈夫那是安慰自己，他一个当警察的，春节是最忙的时候，哪会有空过来看她呢。

章玉芝打开电视，却发现根本没有看电视的心情，什么频道的节目都看得了无兴趣。她只觉得有点冷。

这时，“咚、咚、咚”传来几声轻轻的敲门声。

章玉芝打开门，见外面站着一位挂满笑容的中年妇女：“请问您找谁？”

中年妇女热情说：“我是这儿的老板，这两天看你都跑了五六趟火车站了，想家了吧？我看，还是不要走了，火车站太挤，你一个女人家，去了也太危险。这几天的房费不用交了，你就把这当家吧，明天晚上，你们这几个没有回家的客人，都到我家里过年去。”

章玉芝心里感到一阵温暖：“谢谢！不用了，我就在这里随便吃点。”

“你不要客气，大过年的，怎么能随便呢？就这么说定了。你先休息一会儿，明天我再来叫你，记着，妹妹，真的不能去坐车了，太危险。”

这时，又传来几声敲门声，章玉芝打开门，看到一位跟自己年龄相仿的女士正笑容可掬的站在那里：“你好！我是对面超市的员工。”

“请问你找我有事吗?”章玉芝问。

“大姐，想家了吧？昨天开始我就注意你了，这两天，你都往火车站跑好多次了。我看你还是安心住下来吧，别跑了，上午我听人说，伤了好多人，连武警都伤了。我请你明天到我们家过年，和我们一起吃团圆饭。”

章玉芝心里再次感到一阵温暖，她激动地说了声：“谢谢！刚才老板已经说了，要我在她家过年。”

“那就由大姐自己决定在谁家过年，我们随时欢迎大姐，要不，大年初一你到我们家来玩？上网、玩牌、大家一起逛街都行。”

“好的，谢谢你!”

关上门，章玉芝打开湖南卫视，认真地看了起来。

一会儿，门又响了起来，章玉芝打开门，是一位大妈：“大妈，您好！请问有事吗?”

大妈笑着说：“我也没有什么特别的事，我是居委会的。明天晚上五点，我们居委会为留在这个小区，回不了家过年的同志准备了一顿年夜饭，饭后大家即兴来几个节目，八点之后看春晚，到时你和住在这里的其他八位同志一起过来。出门后往左拐，然后再往左拐一个弯看到‘凤凰大酒店’，你直接上二楼就是了。你长得这么漂亮，也准备两个节目吧。”

“谢谢！谢谢！大妈，你们想得可真周到啊！”一阵巨大的温暖从心里升起，章玉芝紧紧握住了大妈的手，眼泪再也控制不住，“哗”地流了下来。

啥也没说

欧阳宇和几个同学嘻嘻哈哈地从宾馆下楼时，意外地碰到乡党委书记吴东平，只见吴东平左手挽着一个年轻漂亮女孩子的膀子，两人亲热地正往楼上走。

吴东平漠然地看了欧阳宇一眼，一副不认识的样子，转过脸去与那女子说笑着向上走。

欧阳宇进也不是，退也不是。稍稍停了一下，匆匆地向楼下走去。一路上，他直怨自己倒霉，怎么会这么倒霉呢？碰上谁不好，为什么要偏偏碰上自己的书记呢？

其实，吴东平在外面有女人的事情，欧阳宇早就听说过了，外面传得沸沸扬扬，说得有鼻子有眼。

欧阳宇再也没有心思与同学们一起玩了，显得心事重重，闷闷不乐。他有点怨起这次同学聚会的组织者南松来，在什么地方不好，怎么到这个明月宾馆来呢，一点特色也没有，反倒让自己碰上这种事情。

“操，怎么会这样？你们是怎么搞的，怎么会到这个一点也不好的宾馆来？”

欧阳宇骂了一句，旁边的同学不知他的情绪怎么一下子变成这样。

他肯定会担心我说出去。欧阳宇心想，这几年的努力都白费了，本来跟吴东平的关系处理得挺好的，吴东平也非常信任自己，可是这事出了，也许就再也不信任自己了。今后万一有什么事情出现，他肯定会以为是我传出去的。

剩下的活动，欧阳宇几乎都只是跟着一起走路，根本没有参与进去，几位女同学还以为他是突然间病了，劝着他去看医生。

“唉，”欧阳宇叹了口气。

第三天上班到办公室，欧阳宇把文件收拾好，有点紧张地来到吴东平办公室。

“吴书记，这是今天刚刚收到的几个文件，请您签阅一下。”

“好的，小宇啊！这一段时间辛苦了。”吴东平接过夹子，笑笑。

“谢谢吴书记的关心！”说完，欧阳宇就轻轻关上门出去了。

欧阳宇觉得吴东平的笑，有点不同往日，好像让人捉摸不透。是不是他要让自己变换岗位了呢？怎么今天他突然说起这话来了？

欧阳宇回到办公室，坐在位子上，呆呆地想着刚刚吴东平说的话，同事李大为把一个材料放到他的桌子上，他也没有发现。

“想什么呢？”欧阳主任。

听到说话声，欧阳宇才回过神来。

“啊，没想什么，在考虑一个事情。”

好几次，欧阳宇都想跟吴东平解释清楚，可是，他想了想，又无从解释起，那样去解释，不是自找麻烦吗？吴东平会说跟那个女子什么关系也没有啊，那样反而会显得自己多心了，无端猜疑领导，结果是可想而知的。

可是，不解释又行吗？吴东平肯定对自己不放心，肯定有一种戒备心理，万一这样，以后自己就别想提拔了。

一个声音说，去给吴书记作解释和保证吧，让他相信你什么也不会说，让他继续信任你。

另一个声音说，不要去作解释了，让他去吧，作解释会更加麻烦的。

要在平时，碰上别的事情，欧阳宇会找个同学商量一下，可是，这件事情，他不敢找人商量，万一被同学无意中说漏了嘴，可就麻烦了。

他就这样扛着满脑子的心事，晚上也难以入睡，在床上辗转反侧，精神状态明显下降。

有两次上班时伏在桌子上打起盹来。

刚好有一次被吴东平看到了，把他叫到办公室：“你最近这是怎么了？老是上班打不起精神，是不是有病，要是病了及早治疗。如果是晚上贪玩麻将什么的，就很不应该，就要注意点。”

“吴书记，我会注意的。”

可是，他回去之后，还是心事重重，放不下这件事，晚上照样睡不着。

几天后，吴东平又把他叫过去：“小宇，到底是怎么了，你最近的表现让我有些失望啊！大家都说你变了呢。”

欧阳宇心说，什么大家啊？不就是你看我不顺眼吗。我可是真的什么也没说呢，你知道我掌握和替你保守这个秘密有多难吗？真的痛苦死了。

“吴书记……”

欧阳宇欲言又止。他本想说，我真的什么也没说，永远也不会说出去。

“小宇，有话就说嘛，别这样吞吞吐吐的，有话就说吧，过去你不是这样子的啊。最近是怎么了？”

“没什么？吴书记，真的没有什么。”

欧阳宇匆匆走了出去。

看着他的背影，吴东平摇了摇头。他不知道欧阳宇最近到底是怎么了，于是，让乡党委副书记罗光华去和欧阳宇谈谈。

罗光华让欧阳宇到办公室谈了半天，可是，欧阳宇就是咬定什么也没有，只是因为近来失眠的原因。

罗光华从眼神中知道他没有说实话，但又不好道明，于是有点不高兴地走了。

一个月后，县委组织部根据以前报过去的名单来考察欧阳宇，结果却让人大失所望，不仅是一般干部，就是领导也说他最近变了。

甚至有人说，知道乡里向县委推荐之后，不到一个星期，欧阳宇就变了。

提升为副乡长的事情转眼间化成了泡影。

那天，欧阳宇找到吴东平：“吴书记，其实我啥都没说。真的，我什么也没有说过。”

“你说什么呢？”吴东平看着欧阳宇，一副莫名其妙的样子，看不出是真是假。

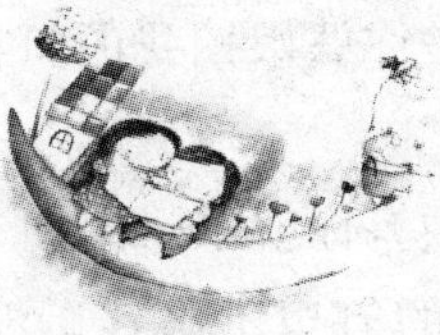

大事件

村子里出了件大事。

根宝的婆娘从蚕豆地里回来时，看到山路中间有一个金黄色的笋尖，就放下锄头，把这颗笋挖了出来，呵，一只好大的笋。她高兴地把它放到土箕里挑回了家，在路上她碰到了朱勇，两人打了个招呼。

吃过中饭，根宝和婆娘正说话，朱勇走了过来：“根宝，有个事得和你说一下。”

根宝说：“进来坐吧，喝口水，有什么事坐下说。”

朱勇说：“不坐，水也不喝了，就站这儿说吧，也没什么事，挺快的。”

根宝感觉朱勇的神态不对，就知道朱勇要说的肯定不是什么好事情。就对他说：“朱勇，那你说吧。”

你婆娘上午在我山上挖了一颗春笋。

根宝转过身去看着婆娘，目光里充满了疑问。

婆娘说：“去蚕豆地里回来时，我看路中间有一颗笋，就挖出来，拿回来了。”根宝婆娘说着就进了屋，眨眼工夫就出来了，手中捧着一颗黄澄澄的笋：“看，就是这颗，要不，你拿回去吧。”

“笋已经挖出来了，拿回去也种不活。按照我们这里的规矩，私自到别人山上砍伐竹木要罚款啊。”

根宝说：“为了怕挡路，路上的笋大家都可以挖啊，并不论谁家的山。多少年了，我们大家都这样做的，朱勇你是知道的，你也在路边挖过别人家山上的笋。”

“可一颗笋就是一根竹子，十多块钱呢。要不你按照价钱，赔我 18

块钱？”

“朱勇，这只是一颗笋啊，还不定能长成竹子呢，咱们也算是邻居了，你不能这样讹人。”根宝一听心里就有些火气。

朱勇轻蔑地一笑：“我讹人，是你婆娘挖我的笋在先，我向你要求赔偿在后，怎么是讹人？”

“这钱我们不可能出，你要这颗笋你就拿回去。”根宝掉头就进了屋。

“你不赔也得赔，挖了我山上的笋想不出钱，没有这么好的事情。”朱勇愤愤地走了。

下午，根宝家的几只鸭子在朱勇的稻田里经过时，被朱勇狠狠地一竹篙打死一只。

根宝知道后，来到朱勇家门口：“朱勇，你怎么打死我家的鸭子呢？它们没有犯着你们什么啊？”

“它们进了我家的田里，我就有权利赶它们走。”

“可现在是冬天了，田里的稻子全都收完了，没有什么庄稼，鸭子经过一下有什么妨碍？你怎么可以这么狠地打死呢？”

“这是我家的稻田，我不准它们过，它们就不许过。”

“你得赔我一只鸭子。”根宝说。

“不可能，我凭什么赔你一只鸭子。”朱勇说。

两个人理论了大半天，一个要赔，一个不赔，最后吵了起来，但朱勇坚持不赔，根宝也没办法。

“好，朱勇，算你能干。”临走，根宝狠狠地说。

第三天，朱勇家的一条狗到根宝家里吃剩饭时，被根宝用力一刀砍在脖子上，走几步就倒在地上。

朱勇知道后，到根宝家大吵了一场，两人差一点动了手。邻居们把村里的干部也叫来了，劝了老半天之后，才算把两人劝开。但是，两人的情绪还是非常激动。

“你敢不赔我狗。”朱勇指着根宝咬牙切齿地说。

根宝也不示弱：“赔你狗的，就是狗崽子。”

朱勇回到家里，越想越气，根宝简直是欺人太甚，不赔狗，我就要他付出更大的代价。

根宝走进屋里，越想越气，朱勇简直是欺人太甚，不赔我鸭子，还想要我赔狗，没门，看他有什么本事让我赔。

两家的怨气到了极点，每天在路上见了面都是怒目而视。

几天后，根宝家的小猪在路上跑，正巧朱勇拿着一根枪棍去挑稻草。见到小猪他心里觉得很高兴，心说，你根宝今天也会背时，让猪在路上跑啊？狠狠地一用力，小猪尖叫一声死了。

猪是庄稼人最重要的牲畜之一，看得非常重。根宝的婆娘看到自家的小猪被朱勇打死了，就哭了起来，寻上门去叫骂。

朱勇的婆娘也不示弱，站在家门口对骂了起来。

根宝从地里回来，听说后也怒气冲冲地赶了过去，与朱勇理论起来，说着说着，两人动手来，根宝被朱勇拿扁担狠狠地在腿上敲了两下，疼得直哆嗦，只好败下阵来。

“我不仅要打你的猪，连你人也打。”朱勇指着根宝说。

根宝咬咬牙：“你等着，我不会放过你的。”根宝一瘸一拐地走了。

根宝的婆娘看到自家的小猪被打死了，老公的腿脚又被打伤了，哭着，喊着，拼了命似的上去一把揪着朱勇婆娘的头发就狠命地往地上拽。

朱勇婆娘个子小，哪里吃得住高大的根宝婆娘，三下两下就被压在身下，被根宝婆娘扇了几个耳光。

朱勇走过去，狠狠一巴掌就把根宝婆娘打得倒在一边。

一旁的根宝看到朱勇竟打自己的婆娘，禁不住恶向胆边生，随手拿起地上的一把柴刀，冲过去一把砍在朱勇的手上。

一条手臂掉在了地上，鲜血喷射而出。

朱勇看着自己的手臂掉在地上，吃惊地看了根宝一眼。

根宝看着朱勇的手臂掉在地上，呆呆地站在那里，手里的刀一下掉在地上。

半晌，朱勇疼得“哇”的一声叫了起来，旋即倒在地上。

根宝也不知所措，蹲在地上“呜呜”哭了起来。

一个小时之后，朱勇被送进了医院，根宝被送进了派出所。

不准和陌生人说话

又到年终了，今年的计划生育检查也就要来临，高寨乡所有的干部都高度紧张起来。

凡是在乡镇待过的人都知道，在所有的检查当中，计划生育是最可怕的检查之一。不是因为这项检查特别严格，而是因为这项工作一票否决，只要计划生育检查不达标，那么，你这一年的评优资格就随着被取消，从这一方面来说，其余的工作几乎都是白做，乡里再优秀的干部在一年内也不得提拔。还有一项就是给你戴上“计划生育重点管里乡镇”的帽子，最少一年，一年后若要摘帽，还得通过更加严格的检查。

高寨乡去年冬天刚刚摘掉全市“计划生育重点管理乡镇”的帽子，这顶帽子他们连续戴了两年，两年里乡里的干部没有提拔过一个，就是调动也没有过，看着其他乡镇三个五个的干部一批又一批提拔起来，干部们的心里都很压抑。

乡里派出了交际专家王超，让他驻在市计生委旁边的一个宾馆里，每天的工作就是打听今年准备到哪些县市进行检查，所采取的方式，具体参加人员等，把所有的情况全部了解清楚，然后在第一时间反馈给县计生委和乡里的主要领导，让他们及时采取应对之策。

那天下午，检查组刚刚分组完毕，并确定了受检县市，王超就给县计生委主任打了个电话，今年只检查西溪、潭泉等六个县市，扬波县不在检查之列。

听到这个消息，计生委黄主任着实高兴了一番，当时就让食堂里准备饭菜：“晚上全体机关的人员都来单位加班。”

为了防止发生变故，市里的检查组出发之后，王超又跟随着来到被检的河东县。

王超说："我其实就是一个监视检查组的特务人员。"

检查的重点是上户核对，出问题就常常出在这个环节上。据说有一年计划生育检查组的人突然一改往常的习惯，买了一些糖到学校一年级发："有多少兄妹的就发多少颗，家里的也算。结果那些超生家庭的孩子们纷纷说，我要，我也还要，我家里还一个弟弟，我家里还有两个姐姐。"什么问题都暴露出来了，自然这个乡镇被戴上了"计划生育重点管理镇"的帽子。

第二天，河东县被检查出了问题，那天检查组的人员刚出门，看到县里有车在跟踪，就沿着公路一直开下去，在一个集市上停了下来，六个人分成六个组，散到几千赶集的群众中间去，群众哪里有这么多花花肠子，问什么说什么，一点也不保留，一会儿就被他们发现了两个乡镇的八例超生情况。

河东县计生委主任和那两个乡里的书记气得差点晕了过去。

检查结束后，他们没有回到市里，而是在河东县住了下来，也没说做什么。直到晚上十一点钟，王超才了解到他们下一站是潭泉，明天早上直接从河东到潭泉吃早饭。

王超高兴地向黄主任和乡里的胡书记作了报告。

黄主任放下电话，哼着歌，自个儿往杯子里续了点水。喝完这杯水他也准备睡觉了，等了这么一个多星期，今天总算可以放心了。

突然间，他倒吸一口凉气，心里暗叫一声："不好！"

原来，他想到从河东县去潭泉县要经过高寨乡，而且整个从高寨乡中间穿过。是不是检查组有意放出假的消息来，迷惑他们。而真实目的是到扬波县检查。

黄主任赶紧打了个电话给胡书记，让他作好早上迎接检查的准备。

胡书记浑身一激灵："是啊，自己刚才怎么没想到这一层呢？"

立即打电话给办公室主任："晚上 12 点，所有干职工到会议室集合，除了出差在外的，任何人不得请假。另外，通知乡中学和中心小学各派 25 名老师赶来。"

会议很简短，胡书记作了简要的布置："明天早上六点开始，高寨境内从河东到潭泉公路两旁的育龄妇女和男子全部到20里外的县城去，车费由乡里负责，是劳动力的，每人发给15元工钱。按照分工，每两个人一组，由一名乡里干部和一名老师组成。现在开始就下到农户中去，天亮之前务必全部通知到位，谁出问题谁负责任。”

有人问：“要是他们在路上刚好碰到检查组的人怎么办?”

胡书记笑了笑说：“看过电视吗？不要和陌生人说话。”

“那有些老人实在是不能走的啊，万一要走怕出问题。”有人提出了这个问题。

胡书记说：“还是那句话，不准和陌生人说话。碰上陌生人，一概装哑巴。”

一百多人一会儿就消失在茫茫的夜色中。

第二天八点，检查组赶到潭泉县，开车的刘师傅是个外地人，一下车就摇摇头说：“想不到，那个扬波县，竟然这么多哑巴。”

原来，刘师傅第一次开车从这条路上经过，一不小心走岔了几百米。下车问路，先是碰到两对夫妻带着孩子在急匆匆地赶路，走过去一问，只见男的打打手势，女的也两手乱舞，根不看不懂他们做的动作是什么意思。接着一连问了两户人家，都只有老人在，听了他们的话，半天不说话，后来有一个人比划着告诉他们，他们也是哑巴。

“真他妈见鬼，大清早的碰上这么多哑巴。”刘师傅嘟哝了一句，洗车去了。

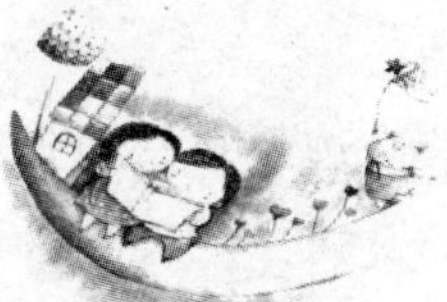

第50道刀痕

阿霞·穆萨耶娃轻轻掀开窗帘，将手中的俄制“卡拉什尼科夫”自动步枪伸出去，然后，通过狙击望远镜观察着前面的宁静俄军阵地，她们已经在这里耗了两天。她有些兴奋，今天之后，她要回到她的赛场去。

阿霞·穆萨耶娃是一个气质高雅、漂亮出众的车臣女子。然而，与美丽的外表截然相反的是，她是一名专门接受绑架、暗杀、狙击任务的令人闻风丧胆的“白鹅”，车臣人总是把她们这些女狙击手称为“白鹅”或者“白袜子”。

她从来没有想到自己会以这个为职业，一直以来她的理想就是当一名优秀的射击运动员，到奥运赛场去争光，去夺取金牌。所以阿霞·穆萨耶娃在国家队训练时非常刻苦，射击成绩在同伴中遥遥领先，成了一名优秀射手。

一天，她正在训练时，教练突然带来了几名男子，站在一旁看着，直到她练完当天所有项目，他们才离去，一句话也没有说。其中两位男子只看了她一眼，然后就走了，表情非常冷峻，但阿霞·穆萨耶娃还是从他们的眼睛里看出了一种赞许。

两天后，教练声称有重要任务叫她去完成，把她带到了一个地方。那里像一个考场，前面坐着7个人，在这7个人当中，她又见到了那天来看她训练的两位男子，还是一样冷峻的眼神，面无表情的样子。

“阿霞·穆萨耶娃，现在有一项工作要请你去完成，比你当运动员要神圣得多，你去不去？”那位年岁大一点的说。

“请问什么事？”阿霞·穆萨耶娃问道。

“要你做的事很简单，就是用你的眼睛从狙击望远镜中去搜寻目标，找到目标后，冷漠地扣下扳机，然后看着敌人的头部迸出脑浆和血浆，你愿不愿意做那种事？”

阿霞·穆萨耶娃以为这只是一种竞赛心理的测试，想也是没想就果断地回答：“我愿意。”

这时，那位脸色冷峻的人站了起来，一边鼓掌一边走近她：“祝贺你顺利通过面试。”

从此，她就成了一名真正的战士，成了一只“白鹅”，在部队接受专门的射击训练。那位前来观察她训练的年轻人托尔波耶夫就是她和爱尔莎·加祖耶娃两人的教官。

意志、速度、力量、耐力、命中率，各方面的训练都十分苛刻，15秒内找到有效距离内的目标，一发命中；手持笨重的狙击步枪却还要能够轻松地冲锋；夜战等等。就像机械一样，她们两个人每天反复练习的除了攻击还是攻击。

有一次，教官托尔波耶夫对她说：“那天你要是有稍稍的犹豫，你就可能还留在你的运动员队伍当中，而不是一名职业军人。”

她笑着看看眼前的这位年轻的教官，没有说话，但眼神里明显带有疑问。

托尔波耶夫接着补充道：“因为狙击手是没有权利犹豫的。”

这句话给她们两人留下了深刻的印象，严格的训练使她的眼神也变得冷峻起来，仿佛子弹一样能够穿透人的内心。

后来，她和爱尔莎·加祖耶娃又被送到一所卫生学校进行了三个月的护理专业学习。

之后，阿霞·穆萨耶娃和爱尔莎·加祖耶娃被安排到“红十字”会工作，在里面充当救护人员，枪械就藏在医疗器械里面，随时放在身边，随时可以出击。

“从今以后，你们两个就是一个战斗小组，不管碰到什么困难，记住，不要想到别人会来增援你们，你们最大的救星就是你们自己。虽不能说是同时生，但是，你们要有同时死的准备。祝你们好运！”临走，教官对她们说。

阿霞·穆萨耶娃摸了摸枪托，那里刻了49道刀痕，这49道刀痕表示她用这把枪已经击出了49发子弹，打死了49名俄国军人。其中最多的一次是在一个隘口，她用这把枪一连结束了5条生命之后，俄军还没有发现子弹是从哪儿来的。

今天，她只要在一个生命消失后，再在这里刻上一道刀痕，她就要果敢地结束这种生涯。

“阿霞你休息一会儿，我来吧。”爱尔莎·加祖耶娃猫着腰走了过来。

阿霞·穆萨耶娃于是退到一边休息，这时，她又想起了与爱尔莎一起到莫斯科休假的情景，那一次她们用的是哈萨克斯坦的护照。旅途中，她们与一位俄罗斯老太太成了朋友。

老太太告诉她们，家里发生了不幸的事情，自己是出来散散心的。

阿霞·穆萨耶娃问：“老人家，是什么不幸的事情？”

老太太一脸的痛苦，从胸口摸出一张照片，那是一张年轻英俊还带有稚气的脸，穿着一身军装。“我儿子在车臣被打死了。”阿霞·穆萨耶娃的心突然紧缩了一下，她暗暗地问自己，“是不是你打死的？”分手时，老太太突然伸手帮她把衣领整了整，收拢了些：“孩子，冷啊！”老太太的这个动作和一声“孩子”使他的心里再次一颤。

巧的是，回车臣的路上，她们又碰上了一位少妇，带着一个孩子，聊天中也发现，少妇的丈夫也是在车臣被冷枪打死的。

休假并没有使她的心情得到放松，反而使阿霞·穆萨耶娃的心情开始沉重起来，常常有一种罪恶感。她多次提出退役，但是没有得到批准。

阿霞·穆萨耶娃于是心里下定了一个决心，当枪托上的刀痕达到50条的时候，她就坚决不干。

今天，只要再开一枪，枪托上的刀痕就可以达到50，那时她就可以获得自由解脱，重新回到她的运动生涯。

这时，爱尔莎·加祖耶娃向她做了一个手势，表示有情况。

然而，阿霞·穆萨耶娃还没有走到窗前，猛烈的火力已经从四面的窗户上压了进来。

爱尔莎·加祖耶娃一句话也没来得及说，仰天一跤就跌倒在地板上，阿霞·穆萨耶娃低头一看，她的眉心有一个圆形的弹孔。

“爱尔莎！”她大叫了一声，流下了进入组织后的第一滴眼泪。

阿霞·穆萨耶娃知道，她们中了俄军的圈套，已经被包围了，四周布满了俄军狙击手。

“狙击手是没有权利犹豫的。”教练的话在耳边响起，阿霞·穆萨耶娃掏出军刀在枪托上凝重地刻下了第50道刀痕，这是她唯一一次在看到生命陨落之前刻上的刀痕。

然后，她把枪指向了自己下巴，轻轻地扣响了扳机。